Ein tierisch gutes Trio

Ito Ingrid Lins

Ein tierisch gutes Trio

Bibliografische Information der Deutschen Nationalbibliothek
Die Deutsche Nationalbibliothek verzeichnet diese Publikation
in der Deutschen Nationalbibliografie; detaillierte bibliografische
Daten sind im Internet über http://dnb.d-nb.de abrufbar.

© 2015 Ito Ingrid Lins
Illustrationen: Daniela Henninger
Umschlagdesign, Satz, Herstellung und Verlag:
BoD - Books on Demand
ISBN 978-3-7386-7954-0

Inhalt

Vorwort

Ein tierisch gutes Trio

Dackel sind klug, charmant, witzig, treu, tapfer, anhänglich, verschmust, stur, manchmal auch aggressiv und streitbar, aber jeder Einzelne ist ein unverwechselbares Original. Sarah und Emma sind Musterexemplare dieser Gattung.

Katzen sind vor allem geheimnisvoll, selbstbewusst und unabhängig. Und manchmal sind sie – wie Porsche – auch enge Kumpel von Hunden, wenn sie diese als friedlich kennen gelernt haben.
Sarah, Porsche und Emma erzählen ihre alltäglichen Abenteuer, beurteilen das Leben mit ihren Zweibeinern und erklären die Welt aus ihrer Sicht.
Einfach tierisch gut!

Wer wir sind

Ich bin Sarah, ein Rauhaardackel, Zwerghündin steht in meinem ellenlangen Stammbaum, und ich bin von adeligem Geblüt!. Also die Bezeichnung »Zwerg« ist eigentlich eine Beleidigung, denn in Wirklichkeit bin ich der Größte und sowieso der Boss im Haus, auch wenn Herrchen und Frauchen manchmal glauben, sie hätten einen gut erzogenen Hund, der ihnen aufs Wort gehorcht. Das ist alles nur Tarnung und meine zielgerichtete Anpassung zum Beispiel beim Einkaufen im Metzgerladen.

Zu unserem Haushalt gehört noch Porsche, eine schwarz-weiße Katze. Wie Porsche sich in unsere Familie drängte, uns geradezu annektierte, bis wir ihn schließlich adoptierten, das berichte ich euch ein anderes Mal. Aber wie er zu seinem Namen kam, ist schnell erzählt: »Er schnurrt so schön – wie ein Porschemotor« fand Frauchen. Schon war der Name da. Und Porsche trägt ihn mit Stolz. Obwohl Frauchen, als sie ihn so taufte, noch nicht mal wusste, ob es sich bei dem Stubentiger um eine Katze oder einen Kater handelt. Als es dann mit der Katze klar war, fanden wir alle die Ergänzung zu »Fräulein Porsche« irgendwie doof. So hallt noch immer durch unseren und alle Nachbargärten der Ruf »Porsche komm – Fresschen«. Und schon saust ein schwarz-weißer Blitz heran, durch alle Hecken und über alle Zäune.

Jetzt noch schnell die Vorstellung des dritten Kumpels in unserer Runde: unser Co. Es ist Emma, ebenfalls ein Rauhaardackel, aber mit ein bisschen Beimischung, d.h. sie hat nicht meine berühmten krummen Beine, sondern ist etwas hochbeiniger und auch der Körperbau ist ein bisschen kompakter. Emma wurde von Frauchens Tochter bei einem Besuch in Polen aus einem Kofferraum gerettet. Am liebsten hätte sie dem Hundehändler alle winselnden Welpen abgekauft, aber dann siegte die Vernunft. Emma ist inzwischen eine richtige Berliner Hundegöre. Was die in unserer Bundeshauptstadt so alles erlebt – alle Achtung! Sie erzählt uns immer davon wenn sie wieder mal im Schwabenland zu Besuch ist. Dann sind wir eine verschworene Dreier-Bande und mischen unser Revier ganz schön auf. Ihr werdet noch davon hören.

Porsches Einzug

Ich wollte euch ja noch erzählen, wie die Katze Porsche in unsere Familie gekommen ist. Also ich glaube, sie hat uns schon lange beobachtet, bevor sie dann buchstäblich Einlass erzwang. Sie stand auf der Terrasse, draußen, mit den Pfoten an die Scheibe hämmernd und fauchend. Ich drinnen, bellend und knurrend. Von dem Tumult angelockt kam Frauchen. Ich dachte sie lobt mich, weil ich unser Hab und Gut so tapfer verteidigte. Ganz im Gegenteil. »Sarah, lass doch mal die Katze in Ruhe«, sagte Frauchen. »Die hat bestimmt Hunger«. Schon ging die Terrassentür auf und das Katzenviech stolzierte herein, nein es schwebte geradezu auf Frauchens Fußspuren bis in die Küche. Ich wagte nicht, mich auf den Eindringling zu stürzen, denn ich kenne Katzen und ihre Krallen. In der Küche gab's Milch mit einem Klecks Sahne und ein paar Katzen-Leckerlis. So was hat Frauchen immer in der Schublade, sie liebt nun mal alles was Fell und vier Beine hat. Die Katze verschwand wieder, stand aber am nächsten Tag erneut auf der Terrasse. Und so ging das ein paar Tage. Ich war ganz schön sauer. Dann blieb sie nach dem Fressen einfach da, sah sich im Wohnzimmer um und entschied sich, auf dem Sessel ein Schläfchen zu machen. *Auf meinem Sessel!* Meine Besitzansprüche machte ich ihr lautstark klar. Als ich auch auf den Sessel wollte, gab's einen Blitzkrieg, es floss Blut, meines! Mit ihren Krallen hatte sie mir einfach auf die Nase gehauen. Der Klügere gibt nach. Ich zog mich erst mal zurück. Inzwischen hatte die fremde Katze auch einen Namen. »Porsche« wurde sie von Frauchen gerufen. »Wegen ihres leisen, sanften Schnurrens, wie so ein Porsche-Motor«. Dass ich nicht lache. Aber die Realitäten waren geschaffen. Der Sessel gehört jetzt Porsche und der Zwerg-Rauhaardackel, also ich, ist mit seiner Decke in eine Sofaecke umgezogen.

Eigentlich gar kein so schlechter Tausch. Hier bin ich näher bei Herrchen oder Frauchen und kriege manche zusätzliche Streicheleinheit. Und zwischen Porsche und mir herrscht nach einer längeren Aussprache inzwischen auch Friede, ja eigentlich schon Freundschaft. Aber erst, nachdem Porsche versprochen hat, niemals an meine Kalbsknochen zu gehen. Dafür helfe ich ihm beim Mäusefangen. Jawohl! Ich kann nämlich viel besser erschnüffeln, welches der vielen Mäuselöcher auf dem nahen Feld überhaupt bewohnt ist. Dann setzt sich Porsche davor und wartet. Manchmal stundenlang. Das ist mir zu langweilig. Ich lauf dann schon mal meine Gassi-Gehen-Runde und außerdem will ich gar nicht zuschauen, was passiert, wenn die Maus aus ihrem Haus kommt …

Meine Karriere als rosa Würstchen

Neulich ist meine Hundewelt ziemlich erschüttert worden. Ich musste wieder mal zum Tierarzt. Na, ja, eigentlich ertrage ich die Impferei mit Würde und protestiere kaum. Ganz im Gegensatz zu Emma, die schreit bei jeder Spritze die ganze Praxis zusammen und alle Hunde im Wartezimmer denken dann, sie wären hier auf dem Schlachthof. Eine Schande von einem Rauhaardackel! Aber wie gesagt: Neulich war alles anders. Ich bekam eine Spritze, die machte mich ganz schnell ganz müde. Als ich wieder erwachte, lag ich allein in einem Gitterkäfig, mir tat der Bauch weh und um den Hals hatte ich so einen steifen Plastikkragen. Ich konnte nicht mal nachschauen, was da an meiner Unterseite los war. Da fing ich auch an zu jammern und zu winseln; – nur ein bisschen, denn sonst tat der Bauch noch mehr weh. Endlich kamen Herrchen und Frauchen, befreiten mich aus dem Käfig und ab ging es nach Hause. Da knallte ich erst mal mit dem blöden Kragen an alle Möbelstücke. Als Frauchen ihn abnahm, um sich meinen Bauch genauer anzusehen, da bekam ich einen Schreck und sie ebenso. Ein mindestens zehn Zentimeter langes Pflaster klebte von der Brust bis fast zum Schwanz und darunter tat es höllisch weh. Frauchen sprach von Kastration und dass es jetzt für mich nun leider keine Hunde-Babys mehr geben könne. Letzteres war mir im Moment egal, aber die Operation hätten sie wenigstens mit mir besprechen können. Ich hätte »nein« dazu gesagt. Nicht mal lecken durfte ich die Wunde, damit sie schneller heilt. Daran hinderte mich der steife Kragen, den ich die ganze Nacht tragen musste. Am nächsten Tag hatte Frauchen eine geniale Idee: Von der Nachbarin, die gerade ein Baby bekommen hatte, besorgte sie sich einen Strampelanzug, rosa, mit aufgestickten Enten. Schnell waren die Füßlinge abgeschnitten und ich hineingesteckt. Den Plastikkragen brauchte ich nicht mehr und der Anzug saß wie angegossen. Es gab ein Loch für meinen Schwanz und auf der Brust hatte ich die hübsche Enten-Stickerei. »Süß« sagte Frauchen, aber ich fühlte mich eher wie eine Wurst in der Pelle. Und dann ging's raus aufs Feld. Frauchen zog mir den Strampelanzug aus, damit ich mein Geschäft machen konnte, aber danach gleich wieder an, von wegen Pflaster anknabbern und Schmutz in die Wunde. Auf dem Rückweg kamen wir am Kindergarten vorbei. Sonst macht mir das großen Spaß mit den Kleinen. Durch den Zaun hindurch versuchen sie mich immer zu streicheln. Aber diesmal war ich als rosa Würstchen für die Kinder die reinste Lachnummer. Meine Güte – war mir das peinlich.

Auf gute Nachbarschaft

Die Hunde und Katzen aus unserer Straße kenne ich alle. Und noch ein paar mehr, die ich regelmäßig auf unseren Spaziergängen treffe. Im Großen und Ganzen eine angenehme Nachbarschaft. Sobald wir uns bekannt gemacht haben, gibt es keinen Streit mehr. Ich weiß wo die interessantesten Rüden wohnten. Fremde Katzen gehen mir meistens aus dem Weg und ich lass sie auch in Ruhe. Jetzt ist bei uns gegenüber ein neuer Hund eingezogen, ein weißer Schäferhund. Zwar ist er noch Welpe, aber schon mindestens zweimal so groß wie ich. Weil sein Name so kompliziert ist, hat mein Frauchen ihn gleich mal »Eisbär« getauft. Und tatsächlich – darauf hört er. Vor allem seitdem er weiß, dass mein Frauchen immer ein paar Leckerlis in der Tasche hat. Erst war ich ja ein bisschen eifersüchtig, aber dann haben wir beschlossen, dass wir auf gute Nachbarschaft machen. Wohl auch deshalb, weil er mir gleich am Anfang gesagt hat, dass er mich als Hündin toll findet, weil ich so gut rieche. Nur für eine echte Liebesbeziehung sei ich für ihn leider ein bisschen zu klein. Aber ehrliche Freundschaft ist ja auch ganz schön. Eisbär geht jetzt zur Hundeschule; – regelmäßig. Und da hat er schon enorm viel gelernt. Demnächst wird er wohl die Schule mit einem Einser-Abitur abschließen. Eisbär kennt die Kommandos »sitz«, »platz«, »bleib« und noch vieles mehr. Und er folgt aufs Wort. Wenn sein Herrchen mit ihm spazieren geht, dann bleibt Eisbär so lange sitzen, bei offener Gartenpforte, bis sein Herrchen ruft »komm!«. Ich befolge nur zwei Kommandos: »Halt« und »lauf«. Und die befolge ich auch ganz zuverlässig, weil Frauchen mir erklärt hat, dass es lebensgefährlich sein kann, wenn ich einfach so über die Straße renne. Alle anderen Sachen haben Frauchen und Herrchen mir gar nicht erst beigebracht. Sie sagen, dass sie da auf meine Intelligenz vertrauen. Recht haben sie. Neulich habe ich aber wirklich gestaunt. Da haben Eisbär und sein Frauchen uns eine Gehorsamkeitsübung vorgeführt, die sie dem Hunde-Guru Martin Rütter aus dem Fernsehen abgeguckt haben. Eisbär's Frauchen hat ihm ein Leckerli auf den Boden direkt vor seine Schnauze gelegt. Als Eisbär gerade zuschnappen wollte, hörte er ein scharfes »nein!« Eisbär folgte und schaute betreten zur Seite. Das ging so ein paar Mal, bis ihn sein Frauchen erlöste und endlich »so, hol's« sagte. Also mit mir kann man solche Spielchen nicht machen. Wenn mein Frauchen mir ein Leckerli hinlegt, dann ist das im nächsten Moment verschwunden. Und als sie es auch mal mit »nein!« probiert hat, hab ich mir gedacht, dass sie sich bloß versprochen hat. Sie wollte bestimmt »na, hol's« sagen. Als sie das der Hunde-Nachbarin erzählte, sagte die nur: »Ja, Dackel sind eben sehr eigenwillig«. Das will ich doch hoffen. Mit Eisbär hab ich mich dann noch mal über das Leckerli-Kunststück unterhalten und da hab ich erst gemerkt, was für ein schlaues Kerlchen er doch ist. Als ich mein Befremden über diesen Folgsamkeitstest zum Ausdrucks brachte, hat er nur gegrinst: »Meine Zweibeiner sind so stolz auf diese Übung, dass sie andauernd allen möglichen Leuten vorgeführt wird. Was glaubst du, wie viele Extra-Leckerlis da zusammenkommen, wenn ich immer schön mitspiele!« Auch wieder wahr.

Ein Königreich für eine Wurstfabrik

Ein Hoch auf unsere Straßenfeste! Mal ist Frühlings-
fest oder Bauernmarkt, mal Feuerwehrfest oder Weih-
nachtsmarkt. Ich bin immer dabei, meistens mit Frauchen und Herrchen, manchmal aber auch nur mit
Herrchen. Alle Rauhaardackel lieben Straßenfeste. Da
riecht es immer so gut. Wonach? Na, nach Würstchen.
Wenn wir auf einem Fest bei uns im Ort sind, sitzen
wir meistens auf dem Platz vor dem ›Metzger unseres Vertrauens‹. Alles drängt sich auf ein paar Bierbän-
ken zusammen und ich muss aufpassen, dass meinen
Pfötchen nichts passiert. Und dass Herrchen nicht nur
Rotwein-Viertele bestellt, sondern auch Weißwürste.
Schließlich sind wir in der Nähe von Stuttgart und
das ist nicht so weit von Bayern weg. Da gibt es diese
herrlich saftigen Weißwürste. Neulich hat Herrchen
mir einen Vortrag gehalten, wie man sie standesgemäß
isst. »Nur am Ende ein bisschen anschneiden oder auf-
beißen und dann die Pelle auszuzeln, also lutschen«.
Dann hat er mir meine Weißwurst gegeben. Die war
so schnell weg, ganz ohne zu zuzeln und mit Pelle.
Als Herrchen unter die Bank geschaut hat, dachte er
wohl, ich hätte die Wurst fallen gelassen und sie wäre

jetzt zwischen den vielen Menschenbeinen verschwunden. Also gab's eine zweite Wurst. Auch die war ratzfatz weg. Ich freute mich schon auf eine dritte. Aber nichts da. Herrchen zuzelte noch immer an seiner ersten Weißwurst rum.

Auch bei uns gleich um die Ecke gibt es ein Straßenfest, ein kleines, also das Feuerwehrfest. Alles ist wie immer: Bierbänke, Viertele – nur gibt's hier keine Weißwürste, sondern Saitenwürstchen. Die sind viel dünner als Weißwürste, dafür krieg ich auch immer unaufgefordert zwei Stück. Und dann noch viele Wursthäppchen von den Nachbartischen, denn jeder kriegt mit, wie halbverhungert ich gucken kann. Wenn ich dann mit dickem Bauch und Herrchen nach Hause dackel, muss ich immer erst mal einen ganzen Napf voll Wasser trinken. Und dann verschwinde ich im Garten hinter der Hecke. Meistens gebe ich da mindestens die Hälfte meiner wunderbaren Wurstmahlzeit wieder ab. Mal vorne raus, mal hinten, oft auch an beiden Enden. Dann will ich nur noch ins Körbchen und schlafen, schlafen, schlafen. Ich träume von Straßenfesten und ganz vielen Würstchen. Und vor meinen geschlossenen Augen läuft eine Geschichte ab, die Herrchen mir mal erzählt hat. Am Ende heißt es da: »… ein Königreich für eine Wurstfabrik« – oder so ähnlich.

Achtung: Katzenklappe!

Porsche war erst kurze Zeit bei uns und nervte ziemlich. Vor allem meine Zweibeiner. Er wollte alle paar Stunden raus in den Garten. Dann stand er jammernd vor Frauchen oder Herrchen und maunzte kläglich. Er sei eben ein »Freigänger« – wie er mir sagte – und keine langweilige Stubenkatze. Als er genug genervt hatte, beschloss Herrchen »… es muss eine Katzenklappe her!« Gesagt, getan. Zwei Tage später konnte er beim Glaser die neue Fensterscheibe mit der eingebauten Katzenklappe abholen. Beim Einbau schauen Porsche und ich interessiert zu. Und dann dauert es auch nur kurze Zeit, bis Porsche begriffen hat, wie das Ding funktioniert: Auf die Sofalehne, dann aufs breite Fensterbrett, mit dem Kopf die Klappe aufdrücken und schon ist man draußen. Wieder rein ging's umgekehrt. Porsche findet das toll. Er ist jetzt andauernd damit beschäftigt, durch seine Katzenklappe rein zu kommen, um zu sehen ob bei uns noch alles in Ordnung oder sein Fresschen schon aufgetischt ist. Und auch nachts geht es rein und raus. Mal rein zum Schlafen, dann wieder raus zum Mäusejagen. Dass er einen separaten Eingang hat, fand ich nicht fair. Also wollte ich die ungehinderte

Freiheit auch mal ausprobieren: Sofalehne – Fenster-
bank – Katzenklappe aufdrücken und durch. Gedacht,
aber nicht getan. Mit dem Kopf und dem Hals kam ich
durch die Katzenklappe. Dann war Schluss. Mit dem
Brustkorb blieb ich stecken. Und es ging nicht mehr
vorwärts und auch nicht rückwärts. Erst fing ich an
zu bellen und dann zu jaulen – bis meine Zweibeiner
kamen. Herrchen kriegte einen Lachanfall, aber Frauchen bedauerte mein Missgeschick. Dann ging es an die
Rettungsaktion. Frauchen schob von draußen, Herrchen zog innen. Das war gar nicht so einfach, denn vor

lauter Panik hatte ich meine Ohren ein bisschen seitwärts abgespreizt und die gingen jetzt nicht wieder zurück durch die Katzenklappe. Ganz behutsam schaffte es Frauchen dann doch. Drinnen nahm sie mich erst mal auf den Schoß, streichelte mich und schmuste mit mir. Und dann untersuchte sie meine Schlappohren, ob ihnen auch nichts passiert war. Das fand ich toll. Den Kommentar von Herrchen weniger: »Ja, so was passiert, wenn man sich und seine Fähigkeiten überschätzt. Du bist eben keine schlanke Katze, sondern ein Dackel. Und ich glaube, du solltest mal über eine Diät nachdenken!« Das hatte mir gerade noch gefehlt. Ansonsten blieb alles, wie es vorher war. Im Sommer stand die Terrassentür ohnehin meistens auf und ich konnte ungehindert in den Garten oder ins Haus. Wenn es draußen kälter war und die Tür zu, musste ich bei meinen Zweibeinern jedes Mal vorstellig werden, kurz bellen und an die Tür rennen. Dann wurde mir aufgemacht. Da ich Frauchen meistens von ihrem Schreibtisch wegholte, hörte ich dann auch schon mal ein Stöhnen: »Sarah, du nervst!« Aber ich finde, dass sie daran selbst schuld sind. Warum haben sie keine doppelstöckige Katzenklappe eingebaut, dann hätten beide, also Porsche und ich, einen separaten Ein- und Ausgang.

Schulverweis

Ich war ein paar Monate alt, da meinten meine Zweibeiner, dass ich wohl nicht um den Besuch einer Hundeschule herum käme. Ich wusste nicht, was mich da erwartet und war nur neugierig. »Hundeschule am Schlosspark« klang ja auch ganz toll. Bevor ich angemeldet werden konnte, sollte erst mal ein Testtag, also eine Art Aufnahmeprüfung stattfinden. Als wir auf den Platz kamen, saßen schon acht Hunde aller Größen und Rassen auf einer Art Schwebebalken. »Na, Sarah, dann setz dich mal dazu« flötete die Hundetrainerin. Ich wollte nicht. »Das wird schon noch. Sie ist ja noch ganz neu hier« kam die nicht mehr ganz so freundliche Ansage der Trainerin. Ich dachte sowieso, dass das Ganze eine Spiel-Schule sein sollte und kein Zirkus. Ich setzte mich vor den Schwebebalken, bellte zweimal mit ganz hoher Stimme, sozusagen mein Jagdruf, und rannte quer über den Platz. Die ganze Meute hinter mir her. Zwei Runden lang war das eine einzige Hetzjagd. Da half auch kein Rufen und Pfeifen der Frau Lehrerin. Als wir richtig ausgepowert waren, schlichen die Hunde-Schüler zurück zu ihrer Kommandeuse. Ich ging hinter meinen Zweibeinern in Deckung und sah mir den weiteren Unterricht aus sicherer Entfernung an. Da ging es um Stäbe rum und durch Röhren durch, Hühnerleiter hoch, über den Schwebebalken, Hühnerleiter wieder runter. Und immer schön geordnet und nacheinander. Dann war die Unterrichtsstunde um. Herrchen und Frauchen, die Hundetrainerin und ihre Vierbeiner-Meute gingen in Richtung Vereinsheim. Ich blieb erst mal sitzen. Aber dann hörte ich noch die tröstenden, vielleicht aber auch sarkastischen Worte der Trainerin an meine Zweibeiner: »Na, ihre Sarah ist vielleicht noch ein bisschen jung. Kommen Sie doch wieder, wenn sie etwas älter ist und schon weiß, was Disziplin heißt.« Herrchen und Frauchen ließen ihre Köpfe hängen und schauten sich beschämt nach mir um. Und was machte ich gerade? Ich flitzte auf dem Parcoursplatz um die Stäbe, jagte durch die Plastikröhre raste über den Schwebebalken und dann das Ganze noch mal. Der Hundetrainerin blieb der Mund offen stehen, aber mein Frauchen und mein Herrchen strahlten von einem Ohr bis zum anderen. Herrchen sagte dann ganz stolz: »Ja, so ist sie, unsere Sarah. Sie kann alles – wenn sie will, nicht wenn sie soll!« Das stimmt. Aber mein Verweis aus der Schlosspark-Hundeschule blieb trotzdem bestehen.

(Kein) Füttern am Tisch

Ich glaube, ich muss mal ein bisschen was zum Thema Erziehung sagen. Nein, nicht meine Erziehung. Die ist abgeschlossen und auch weitgehend wirkungslos geblieben. Ich bin ein Dackel und von uns ist bekannt, dass wir sehr selbständig und eigenwillig sind. Ich kenne überhaupt nur zwei Kommandos, die ich befolge. Das eine heißt »Halt!« und das andere »Komm!«. Halt am Straßenrand, das muss einfach sein, hat Frauchen gesagt und immer wieder mit mir geübt. Ansonsten würde ich mich in Lebensgefahr begeben – bei dem Autoverkehr in unserem Land. Das habe ich eingesehen. Und »komm« ruft sie, wenn ich auf die andere Straßenseite rennen darf. Manchmal höre ich auch »komm« in der Wohnung. Das ist dann schon eine andere Sache. Da gehorche ich manchmal und manchmal nicht. Es kommt darauf an, ob sich das Kommen für mich lohnt. Nein, hier soll es um die Erziehung meiner Familie gehen, also von Frauchen und Herrchen. Bei Frauchen ist das weniger nötig, denn die kann ich fast immer um den Finger, also um die Pfote wickeln. Herrchen ist da schon eher ein harter Brocken. Gleich am Anfang, als ich ins Haus kam, hat Herrchen ein Gesetz erlassen:

»Kein Füttern am Tisch, verstanden? Der Hund wird nicht verzogen, sondern erzogen!« Frauchen kommentierte diese Anordnung nicht und ich dachte mir mein Teil. Aber zunächst befolgte ich das Gesetz, sprang auf meinen Sessel und rollte mich zusammen. Das war natürlich Taktik. Herrchen sollte glauben, dass er in der Familie der Befehlsgeber ist und alle folgen ihm. Aber gemach, gemach. Einige Tage später deckte Frauchen den Tisch zum Abendessen. Und es roch so verführerisch nach Leberwurst und Lyoner und Braten-Aufschnitt. Mir lief das Wasser in der Schnauze zusammen. Ich wechselte erst mal den Platz vom Sessel unter den Esstisch. Dann kam Teil zwei meiner Erziehungs-Strategie: Ich bettelte nicht, nein, ich setzte mich nur neben Herrchens Stuhl, schaute zu ihm hinauf mit jenem Dackelblick, dem kaum einer widerstehen kann. Dann leckte ich ein wenig seine Hand und legte mich zu seinen Füßen nieder. Es wirkte. Wie aus Versehen fiel ein Stückchen Braten direkt vor meine Schnauze. Frauchen hatte nichts bemerkt und somit hatte Herrchen auch nicht sein Gesicht verloren. Auch bei den nächsten Mahlzeiten war ich keineswegs aufdringlich. Damit hätte ich nur riskiert, doch noch aus dem Esszimmer geworfen zu werden. Nein, ich setzte mich ganz lieb und ruhig an Herrchens Stuhl, schaute ihn an und er mich und zwischen uns gab es ohne Worte ein Band gegenseitigen Verstehens. Immer öfter stibitzte Herrchen ein Stückchen Fleisch oder Wurst vom Teller und reichte es mir unter den Tisch. Jetzt wurde es Zeit, meine Erziehungsarbeit zu beenden und dieses unsinnige Gesetz vom ›Nicht-füttern-am-Tisch‹ endgültig aufzuheben. Dafür reichte es, dass ich den nächsten Leckerbissen nicht mehr unsichtbar unter dem Tisch verzehrte, sondern mitten im Esszimmer, für jedermann sichtbar und laut schmatzend. Sofort rief Frauchen empört: »Hast du etwa der Sarah was vom Tisch gegeben?« Herrchen konnte nur schief lächeln und verteidigte sich dann: »Ich hab den Hund nur kosten lassen. Er sah so hungrig aus.« Das war es dann gewesen. Seit diesem Tag füttern mich alle am Tisch; schließlich gehöre ich ja mit zur Familie. Nur wenn Besuch da ist, zeige ich allerbeste Tischmanieren und bleibe beim Essen auf meinem Sessel. Herrchen und Frauchen werden nicht mal rot, wenn sie auf entsprechende Rückfragen behaupten: »Ja, das ist bei uns ein ungeschriebenes Gesetz: Unsere Tiere werden nicht am Tisch gefüttert!«

Fröhliche Weihnacht

Weihnachten – das Fest der Liebe und der Geschenke. Auch für uns Vierbeiner. Emma und ich helfen unseren Zweibeinern immer beim Auspacken. Bei uns geht das alles viel schneller: Schleifen weg, Geschenkpapier ruck zuck beseitigt und wenn dann noch ein Karton drum ist – herrlich. Den zerlegen wir in kürzester Zeit in kleinste Bestandteile. Auf dem Teppich sieht es dann aus »… wie bei Hempels unterm Bett« – sagt Frauchen immer. Porsche bekam als Weihnachtsgeschenk eine Stoff-Maus mit Glöckchen am Schwänzchen. Er wusste gar nichts damit anzufangen und hatte nichts dagegen, dass Emma und ich die Maus erst mal in unser gemeinsames Körbchen brachten. Die würden wir uns später vornehmen und dann mal gründlich untersuchen. Porsche verschwand lieber durch seine Katzenklappe nach draußen und traf sich mit seinen Kumpels zu einem nächtlichen Zug um die Häuser. Dann war ich dran. Ich bekam ein Spielzeug-Schaf. Das quietschte immerzu, sobald man drauf trat oder es sich mal um die Ohren schlug. Prima, ich war zufrieden. Das Schäfchen brachten wir auch in unser Körbchen. Später oder am nächsten Tag wollten wir mal genau nachsehen, wie es von innen aussieht und ob man da an die Quietschen kommt. Dann kriegte Emma ihr Geschenk. Noch originalverpackt aus einer Hunde-Boutique. Der Karton war toll. Ratz-fatz hatten wir ihn zerlegt. Aber was dann raus kam ...! Ein Hunde-Mäntelchen! Aus grünem Lodenstoff, mit roter Paspelierung am Kragen. Dazu zwei Klettbänder, um das gute Stück unterm Bauch zusammen zu halten. Emma knurrte und weigerte sich, das Ding anzuziehen. Aber es half nichts. Emmas Frauchen war unerbittlich: »Du zitterst doch immer vor Kälte, wenn du in Berlin an der S-Bahn-Haltestelle stehst« erinnerte sie meine rauhaarige Freundin. Mit einem sarkastischen Lachen mischte sich Herrchen ein. »Na, prima. Schwaben und Bayern sind in Berlin ja ohnehin sehr beliebt. Jetzt auch noch im Trachtenmantel. Da fehlt eigentlich nur noch die Lederhose. Und für Sarah dann bitteschön ein Dirndl mit Rüschchen und Schleifen. Das braucht sie unbedingt«. Ich dachte, ich hör nicht recht. Sicherheitshalber knurrte ich auch schon mal ein bisschen und erinnerte mich mit Schaudern an meinen rosa Strampelanzug, den ich nach meiner Bauchoperation getragen habe. Emma musste den Lodenmantel anbehalten. Sie verzog sich erst mal beleidigt unter den Couchtisch. Dann waren die Zweibeiner beim Geschenkeauspacken. Das war das Zeichen für uns. Emma und ich verdrückten uns klammheimlich ins Arbeitszimmer, wo unser Körbchen stand. Wir brauchten nicht mal eine halbe Stunde, dann hatten wir die pikfeine Garderobe aus der Hunde-Boutique zerlegt. Lodenstoff ist nicht so widerstandsfähig und außerdem waren wir zu zweit. Plötzlich rief Frauchen: »Weiß einer wo die Hunde sind? Es ist ja so ruhig hier!« Wir kamen beide angetrabt, voller Stolz, Emma hatte noch ein paar grüne Fäden an der Schnauze hängen. Das hat uns verraten. Emmas Frauchen machte sich auf die Suche und fand die Mantelreste. Sie bekam fast einen Heulkrampf, Herrchen einen Lachkrampf. Die beiden Frauen beschlossen dann, dass wir zur Strafe am Heiligenabend keine Würstchen bekämen. Aber Herrchen legte uns heimlich dann doch zwei Stück in unser Körbchen. Es war auf unserer Seite. Emma und ich gingen bald schlafen und freuten uns schon auf den ersten Weihnachtstag. Da wollen wir uns die Maus und das Schäfchen vornehmen. O du fröhliche Weihnachtszeit!

Kein Herz für Schwiegermütter

Es sollte ein besonderes Weihnachtsfest werden. Der Besuch von Herrchens Mutter, also Frauchens Schwiegermutter stand an. Sie war lange nicht da gewesen, denn sie wohnt sehr weit weg. Ich kannte sie noch gar nicht. Für mich war sie eine Fremde, ein Eindringling in unseren Haushalt, und dagegen habe ich grundsätzlich was. Außer, der fremde Besucher findet sich mit einem Zipfel Leberwurst ein. Aber da wartete ich vergeblich. Also zog ich mich nach der Begrüßungszeremonie erst mal auf meine Sofaecke zurück. Doch dann rief Frauchen »Fresschen« und ich war wie der Blitz in der Küche. Als ich zu meinem wohlverdienten Mittagsschlaf ins Wohnzimmer zurück trottete, saß da die Schwiegermutter auf meiner Decke in meiner Sofaecke!. Da gab es erst mal ordentlich Krach. Frauchen wollte vermitteln und erklärte das mit dem angestammten Sitzplatz, da ich ja meinen Sessel freiwillig an unsere Katze Porsche abgegeben hatte. Aber die Schwiegermutter blieb stur. »Sarah kann doch mit aufs Sofa kommen. Hier an meine Seite. Dann kann ich sie auch viel besser an ihren Ohren kraulen.« Meine Ohren? Ich glaubte nicht richtig zu hören. Da darf nur

Frauchen mal knuddeln. Ansonsten sind meine Ohren für jedermann tabu. Höchstens der Rücken und mein Schwanz sind zum Streicheln erlaubt. Also war Attacke angesagt. Ich hüpfte aufs Sofa und machte mich erst mal über die Bänder her, die der Schwiegermutter am Rücken vom Kleid runter hingen. Sie versuchte mich abzuwehren und schimpfte mit mir. Da war ich aber richtig sauer und dann ging die Post ab. Erst hab ich ihr ordentlich in die Hand gebissen und dann in den Po. An der Hand floss sogar ein bisschen Blut und Frauchen musste ein Pflaster aus dem Arzneischrank holen. Die Freundschaft zwischen der Schwiegermutter und mir war grundlegend gestört. Ich musste zur Strafe ins Körbchen und schlich mich erst eine halbe Stunde später mit eingeklemmtem Schwanz in die Küche. Da konnte ich nun mal nicht widerstehen, denn im Backofen brutzelte schon seit zwei Stunden die Weihnachtsgans. Ein Duft war das, einfach betörend. Ich legte mich in den Kücheneingang und bewachte den Ofen. Nicht, dass die Gans noch mal davonfliegen würde. Was hörte ich da? Die Schwiegermutter. Sie wollte in die Küche und streckte schon die Hand nach der Ofenklappe aus. Da brannten bei mir aber alle Sicherungen durch. Die fremde Frau, die schon mein Sofa annektiert hatte, wollte an unsere Gans. Womöglich blieb dann von dem Braten gar nichts mehr für mich übrig. Das wusste ich aber zu verhindern. Ich bellte und knurrte und zeigte ihr alle Zähne. Die Schwiegermutter blieb vor Angst stocksteif stehen und rührte sich nicht mehr, bis Herrchen kam und seine Mutter rettete. Ungerecht fand ich, dass sich dann am Mittag die ganze Familie über die Gans hermachte und ich wieder mal ins Körbchen verbannt wurde. Aber Frauchen wäre ja nicht Frauchen, wenn sie nicht ein bisschen Gänsefleisch und vor allem die Gänseleber abgezweigt hätte. Die fielen dann am Nachmittag so Stück für Stück vom Küchentisch, immer direkt vor meine Schnauze. Frauchen tat so, als hätte sie das gar nicht bemerkt. Aber ich kenne sie doch; – und dafür habe ich sie auch ganz arg lieb. Aus Dankbarkeit leckte ich dann auch den Küchenboden auf bis er wie frisch gewischt aussah. Mit der Schwiegermutter blieb ich aber bis zu ihrer Abreise auf Distanz.

Winterfreuden – Winterleiden

Von allen Jahreszeiten gefällt mir der Sommer am besten. Gut, nicht gerade bei über 30 Grad, wenn einem die Zunge meilenweit zum Hals raushängt. Aber alles, was darunter liegt ist prima. Bei Sonnenschein auf dem Rasen oder im Gartensessel liegen, manchmal unter den Büschen im Schatten, das ist wunderbar. Porsche geht es ähnlich. Auch Katzen lieben mehr die Wärme als die Kälte und schon gar nicht den Regen. Am Winter gefällt mir nur der Anfang. Wenn die ersten Schneeflocken fallen, das ist schön. Und dann ein schneebedeckter Spazierweg – herrlich. Da kann man mal so richtig den Rücken schubbern. Aber dann fängt der Ärger auch schon an. Schnee zwischen den Zehen, die Pfoten eiskalt und am Bauch hängen – bei unserer niedrigen Bauweise – sofort jede Menge Eiszapfen. Frauchen und Herrchen kennen dann schon mein Gejammer. Alle paar Meter müssen meine Pfoten sauber gemacht werden und kalt ist mir auch. Ich bleib dann einfach mitten auf dem Weg sitzen und warte so lange, bis mich jemand hochhebt und zurück in die warme Wohnung oder ins Auto trägt. Noch schlimmer als Schnee und Eis ist aber Matschwetter im Winter.

Wer mag denn das? Wir Vierbeiner jedenfalls nicht! Mein schlimmstes Wintererlebnis habe ich in unserem letzten Urlaub gehabt. Wie gesagt: Ich bin ja immer bei allen Reisen dabei, während Porsche lieber daheim bleibt, aufs Haus aufpasst und sich von der Nachbarin füttern lässt. Wir sind also im Schwarzwald auf einem Langlauf-Spaziergang. Herrchen und Frauchen lieben das. Auf dem frisch gespurten Höhenweg oder im Tiefschnee. Ich bin auch dabei und zwar auf Herrchens Rücken, in einem Rucksack. Nur mein Kopf schaut raus. So kann auch ich die Winterwelt genießen. Wenn meine Wintersportler eine Pause einlegen, komm ich raus aus meinem schönen warmen Rucksack und erkunde die Umgebung. Man muss ja schließlich auch mal sein Geschäft verrichten. Und dabei ist es dann passiert: Ich trat neben dem gespurten Weg in den Tiefschnee und war gleich verschwunden; einfach weg. Ich zappelte und versuchte wieder freizukommen, aber vergeblich. Herrchen lachte zunächst und fand die Situation urkomisch. Als er mir raus helfen wollte, war es aber schon zu spät. Ich steckte in einem riesigen Schneeball und der rollte den Hang hinunter; – wie eine Lawine. Mir verging Hören und Sehen. Die Strecke nahm kein Ende. Ich glaube, ich rollte so 50 oder vielleicht auch 500 Meter nach untern. Herrchen behauptet zwar, es wären nur fünf Meter gewesen, höchstens sieben.

Mir kam die Strecke viel länger vor und ich muss es schließlich wissen. Als der Riesen-Schneeball mit mir als Inhalt schließlich an einem Grasbüschel gestoppt wurde, war Herrchen auch schon bei mir und pulte mich aus der weißen Hölle. Er nahm mich auf den Arm, klopfte allen Schnee aus meinem Fell, drückte mich an seine Brust und zog den Reißverschluss seiner warmen, weichen Daunenjacke zu. So taute ich ganz schnell auf. Als mir wieder warm war, kam ich zurück in meinen Rucksack und es ging heimwärts ins Hotel. Ich verzog mich gleich in mein Körbchen und schlief bald ein. Wovon ich träumte? Natürlich von einer Riesenlawine und die riss mich mit, den ganzen steilen Berg hinab.

Freundschaft ja – Liebe nein

Beim Gassigehen über die Feldwege treffe ich immer wieder Aika, eine schwarze Cockerspanielhündin. Bildhübsch finde ich sie. Mit Schlappohren, die noch länger sind als meine. Und wie sie duftet! Meine über 200 Millionen Geruchszellen sind immer hin und weg. Der einzige Nachteil: sie hat gar keinen Schwanz, nur so ein kleines Stummelchen. Wenn sie mit dem aber wedelt, dann wackelt nicht nur der Po, sondern der halbe Hund. Beide rasen wir immer erst ein paar Mal umeinander rum, vor lauter Freude, auch wenn das letzte Treffen erst ein paar Stunden her ist. Und dann geht es ab über die Felder und Wiesen, eine richtig wilde, verwegene Jagd. Wenn wir uns dann ausgepowert und mit hängender Zunge ins Gras schmeißen, ist erst mal relaxen angesagt. Aber nicht lange. Dann rutscht Aika immer näher an mich ran, legt ihre Schnauze auf meinen Rücken und wackelt – mangels Schwanz – wie verrückt mit dem Hinterteil. Ja, sie bedrängt mich geradezu, will offenbar mehr, nämlich das eine. Aber das kann doch nur ein Irrtum sein. Ich bin auch eine Hündin, wenn auch seit meiner Operation nicht mehr so ganz vollständig. Aber lesbisch bin ich keinesfalls. Ich möchte mit Aika Freundschaft halten, aber keine Liebe machen. Ich habe versucht, ihr das zu erklären und fang dann auch immer ein ganz ernsthaftes Gespräch mit ihr an, über die Neuigkeiten aus unserem Stadtviertel, wer da alles so zugezogen ist, über das Wetter und den Speiseplan der letzten Tage. Aber Aika hört mir gar nicht zu. Ihr scheint wohl nichts an guten Gesprächen zu liegen. Irgendwann schleichen wir dann auf unserem Gassiweg davon, jeder meistens in eine andere Richtung. Und dann setzen wir unsere 200 Millionen Geruchszellen wieder ein, um jedes Grasbüschel, jeden Strauch und Baum auf unserem Weg zu überprüfen, wer vor uns schon hier vorbeigekommen ist. Die anhaftenden Duftmarken müssen natürlich neutralisiert, das heißt, durch unsere eigenen Blasentröpfchen überdeckt werden. Das ist ganz schön viel Arbeit, aber dabei habe ich dann Aika ganz schnell vergessen. Ich wünsche ihr ja, dass sie bald einen Partner fürs Leben findet, einen feschen Rüden oder meinetwegen auch eine Hündin; – ich bin da ganz tolerant. Ich hoffe, dass wir trotzdem Freunde bleiben.

Mein Büro-Hilfsjob

Mein Frauchen hat ihr Büro in unserem Haus. Sie arbeitet schließlich journalistisch, freiberuflich. Und da kann sie Hilfe in ihrem Büro immer gebrauchen. Den Job habe ich übernommen. Meistens liege ich nur im Besuchersessel und schlafe. Na, ja, so halb, denn mit einem Auge achte ich immer darauf, dass auch gearbeitet und nicht nur in die Luft geguckt oder Kaffee getrunken wird. Ich habe auch schon selbst am Computer gesessen, aber mein Manuskript war nicht so gut lesbar. Mit meiner Pfote habe ich immer vier oder fünf Tasten gleichzeitig gedrückt und was dann am Monitor erschien, war nicht mehr zu entziffern. Das ist auch der Grund, warum ich dieses Buch nicht selber schreibe, sondern Frauchen diktiert habe. Man muss auch zu seinen Schwächen stehen. Aber ansonsten bin ich im Büro schon eine große Hilfe. Ich leere zum Beispiel den Papierkorb mehrmals am Tag. Und was da entsorgt werden soll, wird von mir erst mal in klitzekleine Fetzen zerkaut, die nehmen dann in der großen Papiermülltonne nicht so viel Platz weg. Auch beim Bleistiftanspitzen helfe ich. Die Stifte zerkaue ich meistens, bis nur noch kleine Stummel übrig bleiben. Davon ist Frauchen aber nicht so begeistert. Kugelschreiber schmecken übrigens nicht so gut. Selbstverständlich kann ich auch das Telefon bedienen. Das ist bei uns noch so ein Nostalgieding mit Kabel und Ablagegabel. Wenn es klingelt, schrill und so laut, dass einem die Ohren wehtun, dann springe ich vom Sessel auf den Schreibtisch und hebe den Hörer ab. Dreimal hineingebellt heißt, dass Frauchen nicht da ist und sie augenblicklich nur mit dem Hund sprechen können. Die meisten Anrufer verzichten aber darauf und dann kommt nur noch ein gleichmäßiges Tuten aus dem Hörer. Gestern hat Frauchen sich aber ganz arg über meine Hilfe im Büro gefreut. Glaube ich jedenfalls. Sie musste nämlich an ihrem Laserdrucker die Tonerpatrone wechseln. Erst hat sie die alte Patrone geschüttelt, um zu hören, ob da auch tatsächlich kein Pulver mehr drin ist. Das war aber nicht so eindeutig klar. Deshalb hat Frauchen an der Seite irgendetwas abgeschraubt und hineingeschaut. Und ich durfte dann auch mal dran schnuppern und hineinschauen. Gesehen habe ich nichts, aber dann hab ich mal kräftig hineingeschnaubt. Da kam eine Wolke von schwarzem Pulver raus. Meine hellbraune Schnauze sah danach rabenschwarz aus und der hellgraue Teppich im Büro war plötzlich dunkelgrau. Frauchen schaute entsetzt auf die Schweinerei und schimpfte dann mit mir. Ich wusste gar nicht warum, denn jetzt war wenigstens klar, dass kein Tonerpulver mehr in der Patrone ist. Übrigens: Nach einer Woche Platzverbot habe ich meinen Büro-Hilfsjob wieder bekommen.

Von kleinen und großen Tieren

Wenn Emma aus Berlin bei uns zu Besuch ist, dann ist was los in unserem Haus. »Zwei Dackel und eine Katze – da geht die Post ab«, meint Herrchen. Und was Emma alles zu erzählen hat aus der großen Hauptstadt … Das sind ganz andere Abenteuer, als die bei uns im Schwabenland. Neulich war Emma mit ihrem Frauchen Gassi gehen. Im kleinen Park gleich hinter ihrem Wohnhaus. Da sitzt mitten auf dem Weg ein kleiner Fuchs. Als er Emma und ihr Frauchen sieht, ist er ganz flink im Gebüsch verschwunden. Emma hinterher, so weit ihre Leine sie ließ. Aber der Fuchs war weg. Am nächsten Tag trifft sie an der gleichen Stelle wieder auf den Fuchs. Diesmal war sie ohne Leine; und zack ran an den Fuchs. Der lief aber gar nicht weg, sondern blieb sitzen. Emma hat ihn genau beschnuppert – von allen Seiten. Aber da war nichts, was ungewöhnlich war. Nur dass er anders roch als die Hunde, die Emma so kannte. Dann setzte Emma den Spaziergang mit ihrem Frauchen fort. Aber der Fuchs lief auch mit. Immer ein Stück hinter ihnen. Irgendwann verschwand er wieder in den Büschen. Und so ging es dann viele Tage. Es schien so, als würde der Fuchs auf seine neue

Dackelfreundin warten. Und immer lief er dann ein Stück des Spazierweges mit. Kleine Tierfreundschaften. Ganz anders war es, als Emma mit ihrem Frauchen im Grunewald unterwegs war. Auch auf einem Spazierweg. Es war später Nachmittag und schon etwas schummrig. Plötzlich blieb Emmas Frauchen stocksteif stehen. Emma auch. Und dann hörten sie ein Getrappel und Gerenne – unheimlich. Plötzlich rannte eine Rotte Wildschweine direkt vor ihnen über den Weg, keine zehn Meter entfernt. Sie kamen rechts aus dem Wald und wollten auf die linke Waldseite. Vor Schreck kam Emmas Frauchen gar nicht dazu, die Tiere zu zählen. »Aber 20 Stück waren es bestimmt«, meinte sie später. Sie riss Emma hoch auf den Arm und hielt ihr die Schnauze zu. Sie wollte nicht, dass die Wildschweine durch Hundegebell irritiert und dann vielleicht aggressiv würden. Am nächsten Tag trafen Emma und ihr Frauchen dann ›ein ganz großes Tier‹. Sie gingen wieder mal spazieren, diesmal am Bundeskanzleramt vorbei. Und wer steigt da gerade in eine große schwarze Limousine? Die Kanzlerin Angela Merkel. Sie hat kurz zu Emma hingesehen, aber keine Miene verzogen. Dann rauschte der Wagen auch schon in hohem Tempo an ihnen vorbei. Emma hat das Auto noch angebellt, aber es hat nicht mehr angehalten. Denn eigentlich wollte Emma schon längst mal mit der obersten Frau im Staate sprechen. Von wegen Hundesteuer und so. Warum die in Berlin höher ist als in den meisten anderen deutschen Großstädten. Und dann die Sauberkeit in den Grünanlagen. Gegen den Müll muss doch was zu machen sein, denn die Hunde sind es in den meisten Fällen nicht, die dort ihre Häufchen hinterlassen. Auf das Einsammeln sind ihre Zweibeiner geeicht und meistens sehr zuverlässig. Aber die vielen leeren Flaschen, die Papier- und Plastikverpackungen … Die Hundesteuer für Parkwächter zu verwenden wäre nicht schlecht. Die dürften aber nicht nur Gebühren kassieren, wenn wieder mal so ein kleiner Fifi ohne Leine rumrennt, sondern die müssten auch die Müllverursacher mal ansprechen und abkassieren. Ach, es gäbe noch so viel mit der Kanzlerin zu bereden, aber leider war sie zu schnell aus Emmas Blickfeld verschwunden.

Porsches Liebesgaben

Porsche und ich haben es mit unseren Zweibeinern gut getroffen. Wir können uns nicht beschweren. Wir haben wunderbare Schlafplätze, kriegen artgerechtes, natürlich biologisch unbedenkliches Futter, ab und zu Leckerlis und jede Menge Streicheleinheiten. Nur Porsche ist darüber hinaus auch immer noch Selbstversorger: mit Mäusen. Und die gibt es reichlich auf den Wiesen und Feldern gleich bei uns am Haus. Aber Porsche weiß auch, was sich gehört. Wer ein schönes Zuhause hat, muss sich auch mal dankbar zeigen und kleine Geschenke erhalten bekanntlich die Freundschaft. Also schafft Porsche Mäuse heran und bringt sie als Liebesgaben mit nach Hause. Die erste Maus bekam Frauchen vor die Füße gelegt. Die war aber gar nicht erfreut, sondern entsetzt. »Igitt, Porsche, bring die Maus weg, sofort. Raus Porsche und nimm ja die Maus wieder mit!« Die Terrassentür ging auf und Porsche stolzierte gemächlich mit Maus nach draußen in den Garten. Er wusste gar nicht, was er verbrochen hatte und warum Frauchen so sauer war, anstatt sich zu freuen. Also kam er nach einigen Minuten durch seine Katzenklappe wieder ins Wohnzimmer; – natürlich mit Maus und legte diese wieder vor Frauchen nieder. Das gleiche Spiel aufs neue: Frauchen kreischt – Katze und Maus: raus! Dann war ein paar Tage Ruhe, aber Porsche wollte unbedingt seiner Familie seine Dankbarkeit beweisen. Die nächste tote Maus versteckte er unter dem Sofa. Frauchen fand sie nach ein paar Tagen beim Saubermachen. Sie wurde erst blass, dann rot im Gesicht und musste nach dem Beseitigen der Tierleiche erst mal einen Schnaps trinken. Nach einem ernsten Gespräch und der drastischen Ankündigung von Futterentzug hat Porsche seine Liebesgaben erst mal eingestellt. Wenn er jetzt eine Maus vom Feld mit nach Hause bringt, legt er sie auf der Terrasse ab. So auch neulich. Ich habe ihn dabei beobachtet und dachte nur, hoffentlich will Frauchen jetzt nicht in den Garten, dann stolpert sie wieder über eine Maus. Porsche schlief längst in seinem Sessel, während ich an der Terrassentür saß und mir so meine Gedanken über die unterschiedlichen Bedürfnisse von Menschen und Tieren machte. Da kam ein Rabe angeflogen, setzte sich vor die Maus und fing an, daran zu picken. Ich bellte wie verrückt, wollte den Vogel vertreiben, aber der flog nur mal kurz hoch, mit Maus und ließ sie dann wieder fallen. Ich rannte zu Porsche, jaulte und bellte und sagte ihm, dass er schnell kommen soll, denn seine Maus, also sein Mittagessen, lernt gerade das Fliegen. Porsche drehte sich nur auf die andere Seite und schlief weiter.

Ich rannte wieder zum Fenster und sah, dass jetzt zwei Raben vor der Maus saßen und sich ihre unverhoffte Mahlzeit schmecken ließen. Bei dem Krach, den ich veranstaltete, kam Frauchen nachsehen. So viele Zuschauer, das war den Vögeln dann wohl doch zu viel. Sie flogen samt Maus davon und ließen sich auf dem Dach unseres Nachbarhauses nieder. Hier konnten sie ungestört ihre Mahlzeit beenden. Frauchens Kommentar: »Na, dann wäre dieses Problem auch gelöst. Porsche lässt bestimmt keine Maus mehr auf der Terrasse rumliegen«.

Schuh- und Knochen-Fetischist

Wer meine bisherigen Geschichten gelesen hat, der könnte meinen, dass ich so ein ganz braver, leicht zu händelnder Rauhaardackel bin. Im Großen und Ganzen stimmt das natürlich. Aber meine kleinen Schwächen habe ich auch. Sie hängen vor allem mit meiner Vorliebe für Knochen, also Kalbsknochen, und Schuhen zusammen. Aber Schuhe liebe nicht nur ich in unserer Familie! Wir haben einen Schuhschrank und zwei Schuh-Regale in unserer Wohnung und im Keller. Und mehr als 90 Prozent davon sind angefüllt mit Damenschuhen. Schuhe mit niedrigen oder hohen Hacken, oder ganz hohe High-Heels. Schuhe in allen Farben und Formen. Herrchen behauptet immer, seine Frau wäre eine Schuh-Fetischistin. Sie kontert dann mit Wein-Fetischist und schon ist der schönste Krach im Gange. Also ich kann Frauchen verstehen. Ich liebe auch Schuhe, besonders neue, die noch so schön nach Leder riechen. Und ich gehe auch gern mit Frauchen Schuhe kaufen, mindestens ein- bis zweimal im Monat. Bevor wir den Laden betreten, nimmt Frauchen mir immer das Versprechen ab, mich ja gut zu benehmen. Na, klar, das mach ich doch immer. Ich helfe im

Schuhgeschäft sogar mit. Ich räume auf. Überall liegen einzelne Schuhe rum. Getragene und neue. Ich sammel sie alle ein und bring sie an Frauchens Stuhl. Ich habe auch schon diverse Schuhlöffel angeschleppt. Der Höhepunkt neulich: Da stand einfach so eine herrenlose Handtasche rum. Ich hab in die Henkel gebissen und dann das schwere Ding hinter mir hergezogen, wie gesagt – bis an Frauchens Stuhl. Keiner hat was gemerkt und bedankt hat sich auch niemand bei mir. Ich war von der Arbeit erst mal erschöpft, zog mich unter Frauchens Stuhl zurück und machte die Augen zu. Aber dann das Geschrei, als eine Frau ihre Handtasche

vermisste. »Diebstahl« rief sie und dann sah sie ihr gutes Stück bei meinem Frauchen stehen. Sie schimpfte immer noch weiter, bis ich mich einmischte, sie anknurrte und ihr alle Zähne zeigte. Sie riss die Handtasche an sich und kontrollierte erst mal den Inhalt. Alles war natürlich noch da. Die Kundin zog wütend, aber auch beruhigt von dannen. Frauchen wusste natürlich gleich, wie die Sache gelaufen war. Sie schaute mich scharf an, aber sie verriet mich nicht. Sie musste sogar ein bisschen lachen, als sie das ganze Warenlager um sich herum bemerkte. Frauchens Schuhe wurden gekauft und wir gingen heim, aber mit einem Umweg über die Metzgerei. Da bekam ich meine Lieblings-Fetische: Kalbsknochen. Gleich zwei Stück. Wir waren beide zufrieden. Frauchen stellte ihre neuen Schuhe ins Regal, ich verspeiste meinen Kalbsknochen. Den zweiten hob ich mir für später auf. Aber wo war das beste Versteck? In Frauchens neuen Schuhen! Als sie die abends Herrchen vorführen wollte, fand sie den Knochen und wieder gab es eine Standpauke für mich. Aber davon ließ ich mich nicht beirren. Als die Schuhe später wieder im Regal standen, holte ich mir alle beide in mein Körbchen. Der eine Schuh diente wieder zur vorübergehenden Aufbewahrung für meinen Knochen, den anderen Schuh kaute ich so richtig gut durch. Er roch und schmeckte nach allerfeinstem Kalbsleder – hmm. Am

nächsten Morgen bekam Frauchen zwar einen Schrei-
krampf, als sie ihre Schuhe suchte und dann in meinem
Körbchen fand. Aber sie beruhigte sich schnell wieder.
Jetzt hatte sie ja einen guten Grund, um wieder Schuhe
kaufen zu gehen. Ich habe aber meine Zweifel, ob sie
mich wieder mitnimmt.

Suche Asyl mit Vollpension

Als Frauchen zum zweiten Mal in drei Wochen ein Paar Schuhe von sich im Hundekörbchen fand; zerbissen und gut durchgekaut, da gab es Krach. Aber so richtigen Krach. Frauchen schimpfte und zeterte mit mir, dass mir Hören und Sehen verging. Einen ganzen Monat sollte ich als Strafe keinen Kalbsknochen bekommen. Und Gassi-Gehen könne in Zukunft Herrchen mit mir. So ging es immer weiter. Ich wurde ganz klein. Bald war ich so winzig wie ein Kaninchen-Teckel und das sind in unserer Dackelrasse die Allerkleinsten. Dann legte ich mich ganz flach auf den Boden und zog die Vorderpfoten nahe an meine Schnauze, auf dass mir ja kein falschen Wort oder gar ein leises Knurren entfuhr. Und dann kam jener verhängnisvolle Satz: »Ich kann auch mal über einen Platz im Tierheim nachdenken!« TIERHEIM!!! Das kannte ich. Da war ich mal mit Frauchen gewesen und hatte eine größere Futterspende abgeliefert. Damals ging ich an allen Käfigen vorbei und sah die traurigen Augen der Hunde und Katzen und wie hoffnungsvoll sie ans Gitter kamen wenn ein Besucher vorbeiging. Ob er sie wohl mitnehmen würde in ein neues, liebevolles Zuhause? Da war mir erst mal klar geworden, die gut ich es mit Frauchen und Herrchen getroffen hatte und welch sorgenfreies Leben ich führte. Und das sollte jetzt alles zu Ende sein? Ich schlich ins Wohnzimmer zu meiner Katzenfreundin Porsche. Ich sprang zu ihr auf den Sessel und diesmal schubste sie mich nicht wieder runter wie sonst meistens. Ich durfte mich an ihre Seite kuscheln. Sie hatte mitbekommen, wie schief der Haussegen zwischen Frauchen und mir hing. Als Herrchen von der Arbeit nach Hause kam, erzählte Frauchen ihm gleich von meiner Missetat und zeigte ihm die ruinierten Schuhe. Als Herrchen gerade ansetzen wollte, um mich zu verteidigen, sah er in die zornig blitzenden Augen seiner Frau und hielt lieber den Mund. Ich glaube, er hatte Angst, dass sie ihn dann auch in einem Heim abgeben würde. In dieser Nacht schlief ich ganz schlecht und überlegte immerzu, wo ich im Fall der Fälle Asyl bekommen würde. Am nächsten Morgen telefonierte Frauchen mit ihrer Tochter in Berlin. Sie erzählte ihr natürlich gleich von meinem Schuh-Attentat. Da das Telefon auf Lautsprecher gestellt war, konnte ich alles mithören. Frauchens Tochter lachte herzlich und meinte dann, jetzt hätte mein Frauchen doch wenigstens ein paar bequeme Schuhe, wenn die so schön durchgekaut wären. Neue Schuhe würden doch sonst immer nur drücken. Aber wenn mein Frauchen solch einen Zoff mit ihrem süßen Dackel hätte, dann solle sie ihn nur nach Berlin schicken, da bekäme er immer Asyl mit Vollpension. O wie mich das beruhigte. Darüber hatte ich doch die ganze Nacht nachgedacht. Und noch ein Wort zu Frauchens Zornesausbrüchen, kam die Stimme aus Berlin wieder. Die kenne sie noch aus ihrer Kindheit, wenn sie etwas angestellt hatte. Aber die würden glücklicherweise nie lange andauern, einen, höchstens zwei Tage. Na, das beruhigte mich. Aber sicherheitshalber schlich ich mich in die Garage. Ich hatte eine Idee. Ich wusste, da standen gelbe Gummistiefel. Die schleppte ich vor Frauchens Schreibtisch. Als Frauchen das sah, konnte sie sich ein Lachen kaum verkneifen. Gummistiefel als Ersatz für ihre chicen Pumps, darauf kann auch nur ein Dackel kommen. Aber immerhin, ihre Sarah – so dachte sie sich – war ganz offenbar auf Wiedergutmachung aus. Dann dauerte es tatsächlich nicht mehr lange, bis Frauchen wieder so lieb war, wie ich sie eigentlich kenne. Sie nahm mich auf den Schoß, drückte mich an sich und sagte mir mehrmals, dass das mit dem Tierheim nur ein dummer Spruch gewesen sei. So was sage man eben mal, wenn man wütend ist. Um nichts in der Welt würde sie mich weggeben! Niemals! Und ein Kalbsknochen sei beim nächsten Einkauf auch wieder drin. Ich war so froh und versprach mir selbst, mich nie wieder an Frauchens Schuhen zu

vergreifen. Irgendwie war mir der Appetit auf Leder-
schuhe vergangen; der Krach steckte mir noch zu arg
in den Knochen.

Krieg im Garten

Vorhin sah ich eine fremde Katze durch unseren Garten spazieren. So eine Frechheit. Wenn Porsche das gesehen hätte, wäre sie sofort hinterher und hätte den Eindringling verscheucht. Aber Porsche war mal wieder nicht zu Hause, sondern draußen auf dem Feld beim Mäusefangen. Also musste ich unser Grundstück bewachen. Glücklicherweise stand die Terrassentür einen Spalt weit offen, so dass ich raus konnte. Ich jagte hinter der Katze her, bellte und knurrte und regte mich fürchterlich auf. Und wo fand ich sie? Auf dem Gartensessel. Auf meinem Gartensessel!!! Sie lag da lasziv hingehaucht und schaute mich aus himmelblauen Augen ganz erstaunt an. Ich stoppte erst mal und besah sie mir genauer. Eine ulkige Katze war das. Ganz weißes Fell bis auf das Gesicht. Da hatte sie auf einer Seite einen großen braunen und schwarzen Fleck. Wie von einem Maler hingetupft. Die Pfoten waren vorne braun und hinten schwarz und die Schwanzspitze war auch schwarz, als hätte sie damit den Farbtopf umgerührt. Wenn sie stand oder lief, dann sah es aus, als habe sie vorne Halbschuhe und hinten Gummistiefel an. Diese weiß-bunte Katze wagte sich einfach so in mein Revier. Als ich vor dem Sessel stand, erhob sie sich und wedelte heftig mit dem Schwanz. Das sah ich als Freundschaftsangebot an und wollte deshalb auch nicht zu streng sein, sondern sie nur auffordern, meinen Sessel zu verlassen. Ich ging näher ran und schon schlug sie mir mit ihrer Pfote kräftig auf die Nase. Dabei hatte sie alle messerscharfen, sichelförmigen Krallen ausgefahren. Ich jaulte auf und stolperte rückwärts. Das Blut floss in Rinnsalen aus meiner Nase. O wie das weh tat. Als Frauchen mein Jammern hörte, kam sie in den Garten gelaufen und sah mich als Opfer einer wild gewordenen Raubkatze. Sie hob mich hoch und trug mich ins Badezimmer. Dort tupfte sie das Blut von meiner Nase und dann kam ihre Wunder-Heilsalbe zum Einsatz. Das war zwar weniger schön, denn jetzt war mein einzigartiger Riechkolben zur Hälfte außer Funktion gesetzt. Aber Frauchen war so lieb, dass ich die Behandlung trotzdem genoss. Dann gingen wir wieder in den Garten. Die Kampfmaschine saß noch immer auf dem Gartenstuhl. Ich hielt erst mal Abstand. Aber Frauchen baute sich vor der Katze auf, schimpfte mit ihr und machte ihr klar, wie gefährlich ihr Angriff gewesen war. Wie leicht hätte sie eines meiner Hundeaugen treffen können. Eine Katastrophe wäre das gewesen. Dann zeigte sie der Katze, wohin sie verschwinden solle und dass wir sie hier in unserem Garten nicht mehr sehen wollten. Das geschah ihr recht so! Glaubt ihr der weiß-bunte Tiger zeigte sich von der Standpauke beeindruckt? Mitnichten. Sie stand zwar aus dem Sessel auf, aber sie verschwand nicht eiligst über den Gartenzaun. Nein, sie sprang erst mal auf den Gartentisch und ging dann in aller Ruhe und sehr elegant um die Kaffeetassen und Kuchenteller herum bis zum Milchkännchen. Dort steckte sie ihre Zunge rein und schlabberte einige Schlucke. Erst dann sprang sie vom Tisch, stolzierte über die Terrasse und ging würdevoll über den Rasen bis zum Gartenzaun. Dann war sie endlich weg. Ich war sprachlos vor soviel Frechheit. Ich beschloss, noch mal über mein Verhältnis zu Katzen nachzudenken. Porsche hatte mich ja eigentlich gelehrt, dass Katzen auch ganz nette Tiere sein können, mit denen Freundschaft durchaus möglich ist. Das kann aber wohl nicht für alle Katzen gelten – wie ich gerade jetzt schmerzhaft erfahren hatte.

Dackel mit Seehund-Gen

Wer am Bodensee seinen Zweitwohnsitz hat, der liebt das Wasser, geht gerne schwimmen und freut sich an knatternden Segeln unterm Wind. Das gilt für Zweibeiner, aber auch für mich. Wasser war schon immer mein Element und der Bodensee meine ganz persönliche Badewanne. Ob auf deutscher Seite oder am schweizer oder österreichischen Ufer, die leichtesten Zugänge ins Wasser kenne ich fast alle. Autotür auf und ich bin raus. Das Wasser habe ich längst gerochen. Wenn Frauchen oder Herrchen sich nicht beeilen, dann habe ich mich schon in die Fluten gestürzt, bevor sie überhaupt mitbekommen, wohin ich denn nun entschwunden bin. Frauchen sagt, das wäre auch als Welpe schon so gewesen. Ja, klar. Und ich kann bis heute nicht verstehen, warum es Artgenossen von mir gibt, die keine einzige Pfote ins Wasser stecken und vor jeder kleinen Welle zurückschrecken, als rolle da ein Tsunami auf sie zu. Und das sind ganz oft die großen Hunde, Retriever oder Schäferhunde. Dabei könnten die doch zwei Meter ins Wasser gehen, da wäre grad mal ihr Bauch nass. Frauchen sagt immer, ich hätte in meiner Rauhaardackel-Ahnenreihe bestimmt Seehunde und deren

Gen komme bei mir extrem durch. Seehunde kenn ich nicht und im Bodensee hab ich auch noch keine gesichtet, aber vielleicht haben meine Vorfahren ja an einem anderen als dem ›schwäbischen Meer‹ gelebt. Der Bodensee ist für mich aber nicht nur Spielplatz und Wellness-Oase, ich habe hier auch ehrenamtliche Aufgaben zu erfüllen. Ich bin sozusagen der Bodensee-Hausmeister, der darauf zu achten hat, dass der See schön sauber bleibt. Schließlich ist er das größte Trinkwasserreservoir Deutschlands und besonders die Stuttgarter stellen höchste Ansprüche an ihre Wasserqualität. Jede Stelle, an der ich ins Wasser gehe, muss erst mal aufgeräumt werden. Da schwimmen Stöckchen, Plastik und Papierverpackungen. Alles muss raus. Ich schleppe alles ans Ufer und lege es dort ab. Neulich habe ich sogar ein angekautes Brötchen rausgefischt und ein Bikini-Oberteil landete auch schon mal auf meinem Abfallhaufen. Da hat Frauchen allerdings behauptet, das hätte ich von einem Badetuch in der Nähe mitgehen lassen. Die Wasserfläche, die ich so in einem Umkreis von zehn Metern abschwimme, ist jedenfalls sauber, wenn ich aus den Fluten steige. Oft habe ich Zuschauer wenn ich da so bei der Arbeit bin und manchmal gibt es auch Applaus für meine ehrenamtliche Tätigkeit. Im letzten Sommer hat mir ein Urlauber sogar eine Saitenwurst spendiert für meinen Fleiß. Da war ich richtig stolz. Herrchen meint ja, wenn die Bürgermeister von Meersburg, Hagnau oder Überlingen wüssten, welch pflichtbewussten ehrenamtlichen Helfer sie an ihren Seeufern hätten, dann wäre ich schon längst Ehrenbürger, äh Ehrenhund ihrer Gemeinde oder bekäme zumindest die touristische Verdienstmedaille. Ehrlich? Mir wäre eine Handvoll Saitenwürste lieber.

Emmas unheimliche Begegnung

Frauchen ging mit mir und Emma – meiner Hauhaardackel-Cousine – auf den Feldwegen gleich hinter unserem Haus spazieren. Wir tobten rum, jagten einem Hasen hinterher; – allerdings vergeblich – und begrüßten etliche Hunde aus unserer Nachbarschaft. Die meisten wissen – oder wurden gleich aufgeklärt –, dass Emma mein Besuch aus unserer Bundeshauptstadt Berlin ist. Sie wollten nur mal schnuppern, ob Emmas Fell tatsächlich nach der berühmten Berliner Luft riecht. Auf dem Querweg kam uns dann ein Mann mit einem größeren Hund an der Leine entgegen. Ich hatte den Hund schon mehrmals von weitem gesehen. Es war ein rotbrauner Setter. Während wir ohne Leinenzwang über Wiese und Felder rasten, ging die Setter-Dame brav an der Leine. Bis ihr Herrchen, der unserem Spiel zugesehen hatte, wohl Mitleid bekam und seine Hündin ebenfalls von der Leine befreite. Die kam wie ein Rennpferd auf uns zugeschossen und ehe wir uns versahen, hatte sie Emma im Nacken gepackt und schüttelte sie hin und her. Das war das Kommando für mich. Ich wollte Emma helfen und stürzte mich auf die rotbraune Bestie. Ich kniff ihr kräftig ins Hinterteil und umraste bellend das Hundeknäuel. Dann bekam ich ein Schlappohr zu fassen und zog daran. Leider war es Emmas Ohr und nicht das der Setterhündin. Emma schrie wie am Spieß. Da war auch schon Frauchen bei uns und stürzte sich tapfer ins Gewühl. Sie wollte unbedingt ihre beiden Dackel am Halsband aus dem Kampfgetümmel befreien. Aber es gelang ihr nicht. Endlich kam das Setter-Herrchen angerannt, gab seiner »Mia« einen Klaps auf die Nase und die ließ los. Im Nu war sie wieder angeleint. Emma lag noch immer völlig konsterniert auf dem Feldweg und jammerte schrecklich. Ich stand neben ihr, knurrte und zog beide Lefzen hoch, damit »Mia« mein Raubtiergebiss sehen konnte. Der fremde Mann entschuldigte sich immer wieder und behauptete dann, dass sein Hund so etwas noch nie getan hätte. Frauchen war wütend und blaffte zurück, dass sie jetzt mit Emma zum Tierarzt fahren würde und die Rechnung müsse er dann übernehmen. Die verletzte Emma wurde von Frauchen bis nach Hause getragen. Bei der dortigen Untersuchung stellte sich dann heraus, dass Emma nur einen ganz kleinen Riss am Nacken hatte. Für solche Mini-Verletzungen hat Frauchen eine Wundersalbe, die bei allen zwei- und vierbeinigen Familienmitgliedern immer Wunder wirkt. Mit einem Kalbsknochen als Trost wurde Emma ins Körbchen geschickt. Ich bekam auch einen Knochen für mein tapferes Verteidigen meiner Cousine. Eine Woche später trafen wir den Mann mit seiner angeleinten Mia-Setterhündin wieder. Übrigens – wie kann man nur »Mia« heißen, das klingt ja wie ein Katzen-Miau, habe ich mir gedacht. Der Mann fragte dann nach der Tierarztrechnung, aber Frauchen winkte großzügig ab »… es ist ja noch mal alles gut gegangen«. Aber ein paar Leckerlis für ihre beiden Dackel sollten schon drin sein, besser noch zwei Kalbsknochen, forderte Frauchen als Schmerzensgeld für uns ein. Prima. Der Mann versprach's. Aber eines verschlug mir dann doch die Sprache: Mia trug nicht wie bei unserer letzten Begegnung ein schmales Halsband, sondern einen breiten Gurt um Brust und Bauch und darauf prangte der Spruch: »Ich tu nix«. Eine Frechheit so was!

Freunde fürs Leben – oder
Porsche als Therapiekatze

Bei uns im Nachbarhaus wohnt ein kleiner Junge, so sechs bis sieben Jahre alt. Er steht oft am Gartenzaun und schaut zu Porsche und mir herüber. Niels ist ein ganz braves Kind. Er hat noch nie versucht, mich am Schwanz zu ziehen oder mit Steinen zu bewerfen. Und er rennt auch nicht – wie viele andere Kinder die ich kenne – schreiend und mit einem Fußball kickend durch den Garten. Eigentlich würde ich gern mal mit dem Jungen spielen. Wenn ich dann an den Gartenzaun renne und belle ein bisschen, also nicht aggressiv, sondern mit ganz heller, hoher Stimme, wie wir Hunde es tun, wenn wir spielen wollen, dann rennt Niels immer gleich ganz ängstlich ein Stückchen weg. Auch wenn ich meine Schnauze durch den Maschendraht stecke und mit dem Schwanz wedele, ist das keine Spielaufforderung für den Jungen, sondern er hat Angst vor mir. Schade, denn ich hab doch nur die besten Absichten. Neulich war Niels mit seiner Mutter bei uns eingeladen. Auf der Terrasse tranken die Erwachsenen Kaffee und Niels aß Eis. Porsche und ich lagen auf dem Rasen und nahmen ein Sonnenbad. Niels schaute immer zu uns rüber, aber ich glaube, er meinte gar nicht mich, sondern nur unsere Katze Porsche. Mein Frauchen lud den Jungen ein, doch öfter zu uns zu kommen. Auf der Terrasse könne er am Gartentisch prima malen oder lesen oder mit Sarah, also mit mir, Ballspielen. Seine Mutter hatte noch erzählt, dass Niels in der Schule sehr unglücklich sei. Die Kinder würden ihn wegen seiner Schüchternheit immer auslachen. Er traue sich nie an die Tafel zu gehen oder etwas vor der Klasse vorzulesen, obwohl er das eigentlich gut könne, meinte seine Mama. Und die Lehrerin hatte in sein letztes Zeugnis geschrieben: »Niels beteiligt sich nicht am Unterricht.« Na, da war es ja schon ein Fortschritt, dass Niels am nächsten Tag wieder zu uns kam. Diesmal allein und mit einem Bilderbuch über einen Bauernhof. Er setzte sich an den Terrassentisch und fing an zu lesen. Schwupps saß auch Porsche auf dem Tisch, setzte sich dem Jungen gegenüber und hörte ihm zu, als dieser ganz leise vor sich hin murmelte. Niels schaute immer wieder auf die Katze und nach und nach ging ein Strahlen über sein Gesicht. Porsche blieb ganz ruhig vor ihm sitzen, nur einmal legte er ganz sanft eine Pfote auf den Arm von Niels. Und plötzlich fing der Junge an zu lesen, nein vorzulesen, laut und deutlich, fließend und mit richtiger Betonung. Wie ein kleiner Schauspieler. Niels las Porsche vor. Er konnte die Texte fast alle auswendig und erklärte der Katze auch die Bilder und erzählte ihr von den Tieren auf dem Bauernhof. Porsche hatte sich auf dem Tisch ausgestreckt und hörte dem Jungen andächtig zu. In den nächsten Wochen kam Niels sehr häufig zu uns. Immer brachte er ein Lesebuch oder Malsachen mit. Und immer kam sofort Porsche angesprungen und setzte sich zu ihm. Zwischen den beiden war eine wunderbare Freundschaft entstanden. Niels konnte Porsche streicheln und auf den Arm nehmen. Er erklärte der Katze das Rechnen, las ihr immer wieder vor und malte viele Bilder von ihr und manchmal auch von mir! Als die Nachbarin ihren Niels bei uns abholen wollte und dabei mitbekam, wie er im Garten mit Porsche kommunizierte, ihr vorlas und Geschichten erzählte, sich die Katze unter den Arm klemmte und mit mir um die Wette lief, da kamen der Mutter vor Verwunderung die Tränen. So habe sie ihren Niels noch nie erlebt, so glücklich, so frei, so ringsum zufrieden. Und das hatte alles Porsche geschafft. Sie ist wirklich die allerbeste Therapie-Katze.

Hightech-Strategie

Mit dem ganzen technischen Kram habe ich es nicht so. Ich habe kein Handy und keinen Laptop, obwohl ich da schon ein paar Mal versucht habe, Frauchens zu benutzen. Aber auch wenn ich ein Zwerg-Rauhaardackel bin, meine Pfoten sind doch zu groß für die Laptop-Tastatur. Ich schlage immer fünf bis sieben Tasten auf einmal an und da kommt nichts Richtiges bei raus. Das Telefon, also das mit der Kabelschlange, kann ich bedienen. Da beiß ich in den Hörer, hol ihn von der Gabel und bell rein. Leute, die mich kennen, antworten dann. Sie wissen, dass ich gerne telefoniere. Das Handy dagegen ist mir irgendwie suspekt. Ich kann immer noch nicht verstehen, dass Frauchen neben mir steht und doch höre ich sie aus ihrer Handtasche reden, aus dem Handy. Ganz bestimmt. Ich kenne ihre Stimme genau und weiß eben nicht, wie sie sich so klein machen kann, dass sie ins Handy passt. Und auch noch zur gleichen Zeit wenn sie bei mir im Wohnzimmer steht. Das muss etwas mit Zauberei zu tun haben. Also Pfoten weg vom Handy! Aber ganz verweigere ich mich den neuen Hightech-Geräten nicht. Meine Zweibeiner haben neulich einen neuen Herd gekauft und auch gleich ausprobiert. Es gab Huhn. Huhn im Herd. Ich hab die ganze Zeit davor gesessen; also so lange das Huhn im Backofen war. Der neue Herd hat so ein großes Fenster. Und innen beleuchtet ist er auch. Da kann ich alle Garstufen verfolgen. Das ist besser als jedes Fernsehprogramm. Da kann selbst der Briefträger klingeln. Sonst belle ich ihn immer vor der Haustür an, aber diesmal ist Huhn im Herd spannender. Es hat sich auch gelohnt. Ich bekam meine Portion zarte Hühnerbrust. Natürlich ganz ohne Knochen, denn Geflügelknochen – so sagt Frauchen – sind gar nichts für Hunde. Bliebe noch das Fernsehen. Auch da kenn ich mich natürlich längst aus. Ich weiß, was Nachrichten sind und kenne inzwischen einige der Moderatoren. Was ich gar nicht mag sind laute Musiksendungen, die tun mir in meinen empfindlichen Ohren weh. Dann geh ich lieber in mein Körbchen. Frauchen findet das gut und sagt immer, wir hätten den gleichen Musikgeschmack. Am interessantesten finde ich die Tiersendungen oder die vielen Zooserien. Da kann ich schon mal zehn Minuten am Stück in die Glotze gucken, nur um zu staunen, wie viele andere Tiere es außer uns Hunden noch so gibt. Nicht so gut finde ich, dass alle Tiere im Fernsehen überhaupt nicht riechen. Wie soll man sie denn da unterscheiden und wiedererkennen, wenn man sie mal draußen trifft? Herrchen sagt, das ist nur noch eine Frage der Zeit, bis es das Geruchs-Fernsehen gibt. Na, dann warte ich, bis es so weit ist und lege mich erst mal wieder schlafen. Übrigens hat Porsche gar keine Hightech-Strategie. Alles was laut ist und einen Motor hat, macht der Katze Angst: Staubsauger und Küchenmaschinen, Rasenmäher und Motorsägen. Ans Fernsehen hat Porsche sich inzwischen gewöhnt, aber es interessiert sie nicht. Nicht mal die Sendung über die Wildkatzen wollte sie sich ansehen. »Früher sind auch alle ohne so einen Hightech-Schnickschnack ausgekommen«, meint Porsche. »Und wir Katzen haben sowieso ganz andere Interessen!«

Die Sache mit der Rettungsweste

Wenn wir schon über den Bodensee erzählen, dann gibt es da noch eine Geschichte, die mir allerdings ein bisschen peinlich ist. Ihr wisst ja schon, dass ich Zeit meines Lebens eine Rauhaardackel-Wasserratte bin. Und das nicht nur in Ufernähe, sondern auch mitten auf dem See, dort wo er weit über hundert Meter tief ist. Anfangs hat Frauchen mich mal vom Segelboot aus mit ins Wasser genommen. Ich bin auch gleich losgepaddelt, aber schon nach wenigen Metern konnte Frauchen mein braun-grau-schwarzes (man sagt auch saufarbenes) Fell nicht mehr in den kabbeligen Wellen sehen. Sie geriet fast in Panik. Sie rief und suchte rings ums Boot, aber das war inzwischen ein ganzes Stück weiter gedümpelt. Endlich hatte sie mich gefunden und riss mich in ihre Arme. Ehrlich gesagt: ich war auch froh, denn so ganz alleine im großen Meer, das hatte mir doch ein wenig Angst gemacht. Mit Mühe trug Frauchen mich die Badeleiter hoch, holte ein großes Handtuch und rubbelte mich trocken. Und dann wurde ich mit Küsschen und Streicheleinheiten eingedeckt, das war glatt eine ganze Wochenration. Auch Herrchen war ein bisschen blass um die Nase und meinte:

»Das darf uns nie wieder passieren. Eigentlich wissen wir doch, wie schnell so ein Boot abdriften kann, auch wenn die Segel eingerollt sind. Und wie soll da so ein kleiner Hund hinterher schwimmen? Wir sind richtig blöd gewesen!« Ich hielt mich aus der Diskussion raus und freute mich nur über die Schmuseattacken, die den ganzen Tag noch anhielten. Was so ein schlechtes Gewissen doch bewirken kann. Gleich am nächsten Tag ging es ins Segelsportgeschäft. Ich musste mit, wurde auf die Verkaufstheke gesetzt und dann begann die Anprobe: Rettungswesten! Jawohl, Rettungswesten für Hunde! Die meisten waren mir zu groß, ich bin ja eher von zierlicher Bauart. Aber dann fanden sie doch noch eine kleine, orangefarbene Rettungsweste, in die ich als Zwerg-Rauhaardackel hineinpasste. Das Ding sieht aus wie eine Wurstpelle, wird mit Klettverschlüssen unterm Bauch befestigt, hat Luftkammern und auf dem Rücken gibt es einen richtigen Haltegriff. Signalfarbe mit Leuchtelementen. Ich kann Euch sagen, ich habe mich wirklich wie eine Wurst in der Pelle gefühlt. Das Schlimmste: Frauchen trug mich am Griff wie eine Handtasche, nur dass an der einen Seite mein Kopf und an der anderen meine Beine rausschauten. Herrchen machte ein Foto von uns und das klebt jetzt im Familienalbum. Darunter steht: »Die Frau trägt Prada mit Dackel«. Das muss irgendeine Gemeinheit sein.

Jedenfalls muss ich jetzt immer diese Hunde-Rettungs-
weste anziehen, wenn wir aufs Boot gehen und ich an
Deck rumlaufe. Bequem ist das nicht aber sicher. Wenn
Frauchen jetzt Schwimmen geht, trägt sie mich in der
Hunde-Handtasche mit runter und setzt mich auf dem
Wasser ab. Ich kann nicht mehr untergehen und hüpfe
wie ein Korken auf den Wellen. Aber man kann mich
sehen, viele Meter weit. Ich denke, jetzt gehe ich nicht

mehr verloren, selbst wenn ich mal von Bord fallen sollte. Für mich ist diese Rettungswesten-Schwimmerei nicht das reinste Vergnügen, aber Sicherheit geht vor. Und so sind wenigstens Frauchen und Herrchen zufrieden und haben wieder mehr Freude am Segeln.

So'n Geschäft mit dem Geschäft

Wenn wir Gassi gehen, dann geschieht das in erster Linie, weil wir Bewegung brauchen; Frauchen und Herrchen ebenso wie ich. »Bewegung ist gesund« – sagt Frauchen immer. Aber dann ist dass Gassi gehen auch für mein Geschäft da, also für das kleine und das große. Die erste Runde am Morgen laufen wir fast immer auf dem Feld. Das heißt, das sind geteerte Wege, die rechts und links abzweigen und dazwischen sind Felder mit Rüben oder Mais oder auch große Wiesen, auf denen man so richtig rumtollen und auch sein Geschäft verrichten kann. Jetzt hat die Gemeinde mitten auf dem Feld, also auf dem Querweg eine Stange mit einem Blechkästchen angebracht. Da sind so genannte Hundehäufchen-Tüten drin. Und an der Stange ist dann auch gleich ein Abfallkorb für die gefüllten Tüten angebracht. Alle Herrchen und Frauchen und wir Hunde sowieso finden das ein bisschen seltsam. Wir sind doch nicht in einer Großstadt wie zum Beispiel Berlin. Da sind die Hundehäufchen-Tüten dringend nötig, denn da gibt es kaum Grasstreifen neben den Fußgängerwegen und die Grünflächen sind oft weit entfernt und der Tiergarten noch weiter. Das hat mir meine Freundin

Emma erzählt. Aber zurück zu meiner Gasse-Runde. Wenn ich also jetzt mein Häufchen gleich am Beginn unseres Spazierganges mache, dann muss Frauchen erst mal bis zum Querweg laufen, das sind etwa 500 Meter. Dann ein Tütchen ziehen, wieder zurück, Häufchen einsammeln und wieder zum Querweg, um das Päckchen zu entsorgen. Diese Mammut-Gassi-Runde hat Frauchen aber nur einmal gemacht. Dann hat sie sich einen Vorrat an Tüten gezogen und die auf alle Hosen-, Anorak- und Manteltaschen verteilt. Aber gebraucht hat sie die eigentlich nicht mehr, denn – wie gesagt – wir sind sozusagen in der Provinz und da gibt es noch viele hundegerechte Spazierwege. Wenn Frauchen die Plastiktüten in ihren Kleidungsstücken vergisst, dann werden sie manchmal mitgewaschen. Chemisch gereinigt wurden sie auch schon, aber da klebten sie hinterher nur als kleines Plastikklümpchen in der Manteltasche. Die Hundehäufchen-Tüten sind allerdings im Haushalt auch ganz praktisch zu verwenden: Als Abfallbehälter für Apfelsinenschalen, für Brotreste zum Fischefüttern oder zum Aufbewahren von Büroklammern. Ob der Stadtkämmerer von diesem Tüten-Missbrauch weiß? Jetzt muss ich noch eine Geschichte von meinem Hundevorgänger erzählen, die Frauchen mir gebeichtet hat. ›Yolly‹ – so hieß der Dackel vor mir in unserer Familie – durfte genau wie ich immer mit zum Stuttgarter Hauptbahnhof, wenn Besuch erwartet wurde. Kaum war Yolly in der großen Bahnhofshalle, da wurde sie ganz unruhig: die fremden Gerüche, die Geräusche der an- und abfahrenden Züge, die Lautsprecherdurchsagen usw. Yolly konnte nicht anders, sie machte ihren Rücken krumm und schon war das Häufchen da. Die meisten Menschen bemerkten das Malheur gar nicht, aber einige eben doch. Und dann ging das Gezeter los: »So eine Unverschämtheit!« »Schau dir mal den Hund an; sein Geschäft einfach hier zu machen!« »Wer ist denn der Besitzer von diesem Köter?« Yolly zog den Schwanz ein und verdrückte sich. Und was machte Frauchen? Sie schüttelte ebenfalls entrüstet den Kopf und tat so, als würde sie den Hund nicht kennen. *Sie verleugnete ihre Yolly!!* Dann machte sie auch, dass sie in Richtung Bahnsteig davon kam. Ihr Hund hinterher, aber immer mit Abstand, denn er wollte sein Frauchen nicht blamieren. Später entschuldigte sie sich bei ihm und versicherte mehrmals, dass er ja gar nichts dafür könne. Zurück gingen sie dann nicht mehr durch die große Halle, sondern an den Gleisen lang, damit sie nicht doch noch von einem Bahn-Sicherheitsbeamten eine Strafgebühr wegen Bahnhofshallen-Verschmutzung aufgebrummt bekämen. Seitdem hat Frauchen immer Hundehäufchen-Tüten und eine Packung Papier-Taschentücher bei sich, wenn sie sich mit Hund, also mit mir oder mit Emma, in einer Bahnhofs- oder Flughafenhalle aufhält.

Mein Trauma: Ein Leben ohne Familie

Ich bin kein Kostverächter. Und auch nicht besonders wählerisch. Ob Leckerlis oder meine Tagesration an Feucht- oder Trockenfutter. Frauchen hat kaum meinen Napf gefüllt, da ist er schon wieder leer. Das ist eine Sekundensache. Nur Kalbsknochen dauern etwas länger. Wenn wir in unserem Stammlokal sind, dann kommt meine Lieblingswirtin immer gleich mit dem Wassernapf, aber vor allem mit einem Teller voller Köstlichkeiten angerannt: Nudeln oder Reis mit klein geschnittenen Würstchen oder leicht angebratener Leber. Einfach himmlisch. Und während sie noch die Bestellung meiner restlichen Familie aufnimmt, ist mein Teller längst leer. Vorgespült ebenfalls, das heißt sauber abgeleckt. Ich weiß ja, was sich gehört. Herrchen sagt immer, ich wäre richtig verfressen und würde ihn und Frauchen für eine Bratwurst verraten und verkaufen. Ich möchte Herrchen ja nicht widersprechen, aber ich glaube, eine halbe Bratwurst würde dafür schon genügen. Obwohl – eigentlich ist mir meine Familie heilig. Ich glaube doch nicht, dass ich sie verraten und verkaufen würde. Die Sehnsucht würde mich umbringen. Ich hab das alles schon mal erlebt. Da fuhren – nein flogen – Herrchen und Frauchen für eine Woche in Urlaub: ohne mich! Ich konnte es nicht glauben, aber sie sagten, es ginge nicht anders. Lange Zeit vorher haben sie für mich ein Hundehotel gesucht. Dann ging es auf Besichtigungstour. Ich durfte mit und fand das auch ganz spannend. Ich dachte mir, dass das Tierheime oder so was wären. Das kannte ich ja schon aus Stuttgart. Ich begrüßte meine Artgenossen freundlich und wünschte ihnen, dass sie bald eine Familie für sich fänden. Das verstanden sie nicht, denn alle hatten doch eine Familie und waren nur auf Urlaub hier. Die für mich getroffene Auswahl fiel dann auf das Tier-Schlosshotel im Enztal, nicht weit von unserem Zuhause. Es ist tatsächlich ein Schloss und der Chef dort ist ein richtiger Prinz. Und er züchtet sogar Hunde, eine ziemlich seltene Rasse; – erzählte Frauchen. Beim Tages-Pensionspreis musste Herrchen erst mal schlucken, aber Frauchen zählte alle Vorteile auf, die sie im Internet und vor Ort recherchiert hatte: Ein großer Schlosspark zum Toben und Spazierengehen, zweimal Fressen am Tag, natürlich artgerecht und sehr gesund, die Hundegruppen wurden nach Größe und Friedfertigkeit zusammengestellt, und geschlafen wurde in Einzelzimmern – äh Boxen. Als Zusatzleistung gab es auf Wunsch noch Baden, Fellpflege, Friseur oder Physiotherapie. Aber das buchten meine

Zweibeiner nicht, sie kannten meine Abneigungen. Als sie mich im Hundehotel ablieferten, fand ich das ganz spannend. Aber nur, bis ich bemerkte, dass sie ohne mich wegfuhren. Da gab es ein Heulen und Zähneklappern, ein Jaulen und Knurren, wenn sich mir einer näherte. Doch irgendwann musste ich nachgeben, wenn ich nicht im Schlosspark verhungern oder nachts erfrieren wollte. Also ließ ich mich in meine Box bringen, mummelte mich in meine mitgebrachte Decke, die so herrlich nach Frauchen roch und verweigerte beharrlich mein Abendessen. Die Sehnsucht nach meinen Zweibeinern war mir auf den Magen geschlagen. Am nächsten Tag ging schon alles besser, ich fraß und machte auch den Spaziergang mit aber meine Depression war noch längst nicht vorbei. Einer der Hundepfleger hatte Mitleid mit mir. Er nahm mich mit in sein Büro, wo er einige Zeit schriftliche Arbeiten zu erledigen hatte. Da fühlte ich mich wohl, das kannte ich von Frauchens Arbeitszimmer. Eigentlich blieb das die ganze Woche so: Schlafen, fressen, spazieren gehen, rumtoben und dann Mittagsschlaf im Büro. Als Herrchen und Frauchen mich nach einer Woche abholten, hatte ich mich gerade eingewöhnt und fing an, mein Trauma, ohne eigene Familie zu sein, zu akzeptieren. Als wir wieder zuhause waren, spielte ich erst mal die Beleidigte. Ich nahm kein Leckerli an und wollte auch nicht gestreichelt werden. Strafe muss sein. Aber nach einem Tag war wieder alles in Butter. Ich habe mein Frauchen und mein Herrchen eben doch ganz arg lieb. Außerdem versprachen sie, nie wieder ohne mich in Urlaub zu fahren. Bis heute haben sie sich daran gehalten.

Alles im Haus: Friseur, Bademeister, Doktor

Ein komfortables Zuhause ist viel wert; – wenn man es zu schätzen weiß. Ich kann das. Zum Beispiel der Friseur. Anfangs hat Frauchen mich in solch einen Hundesalon geschleppt. Ich ahnte gleich nichts Gutes und fing schon mal an zu heulen, bevor die Frau im weißen Kittel überhaupt Hand an mein Fell legte. Dann kam sie auch noch mit so einer ratternden Maschine, die aussah, wie ein Mähdrescher im Kleinen. Doch da griff Frauchen ein und sagte: »Nein, nein, das Fell meiner Sarah wird nicht mit der Maschine geschoren. Bitte nur den Bart etwas schneiden, aber auch nicht zu viel!« Also das ließ sich aushalten. Aber dann kam die Hunde-Trimmerin mit einer großen Sprühflasche und schon verschwand ich unter einer Duftwolke. Ekelhaft. Das Zeug klebte eine Woche lang an mir. Meine Kumpels aus unserem Revier machten in der Zeit einen großen Bogen um mich. Das wurde erst besser, als ich beim Spazierengehen einen Kuhfladen entdeckte und mich darin gründlich wälzte. Jetzt war es Frauchen, die meinen Geruch nicht ertragen konnte und mich zu Hause gleich unter die Dusche stellte. Aber das macht sie ganz sanft. Selbst wenn sie – wie diesmal – Hundeshampoo verwenden muss. Da werde ich am Rücken und am Bauch eingeseift, die Ohren werden nur außen nass und auch der Kopf bleibt weitgehend trocken. Das Wasser ist schön warm und hinterher darf ich mich in der Dusche einmal richtig schütteln, bevor ich in ein angewärmtes Badelaken gewickelt und zum Trocknen in den Sessel gelegt werde. Frauchen bleibt bei mir sitzen, damit ich nicht zu früh entwische. Aber das will ich gar nicht, denn jetzt ist immer eine ganz tolle Schmusestunde angesagt. Ja, mein Frauchen ist die Allerbeste. Nur dass sie nach dem Hundebaden immer ein bisschen ramponiert aussieht – sagt Herrchen. Wenn dann an meinem Äußeren doch etwas korrigiert werden muss, macht Frauchen das auch alleine. Das Geld für den Hundesalon setzen wir lieber in Kalbsknochen um. Meinen Bart stutzen oder die Haare zwischen den Zehen schneiden, Rücken, Brust und Bauch bürsten oder mit einem entsprechenden Werkzeug die abgestorbenen Haare aus dem Fell ziehen, alles reine Handarbeit – von Frauchen. Und ich lass mir das gern gefallen. Es tut überhaupt nicht weh und zwischendurch gibt's Leckerlis und jede Menge Streicheleinheiten. Als Frauchen das mit Porsche auch mal ausprobieren wollte, kam sie aber ganz schlecht an. Unsere Katze war empört, denn sie hält sich sowieso für das sauberste Familienmitglied. Sie putzt und wäscht sich täglich mehrmals; – ganz allein. Die zwangsweise Fellinspektion bei Porsche nach irgendwelchen Parasiten endete für Frauchen wieder mal vor der Hausapotheke. Aber für solche Fälle haben wir immer genügend Heilsalbe und Pflaster im Haus. Mein Frauchen ist auch mein Lieblingsdoktor. Sie sucht mich im Sommer fast täglich nach diesen widerlichen Zecken ab und wenn sie eine in meinem Fell findet, dann überlebt die das nicht lange. Neulich hat sie die Reste einer Zecke sogar mit Nadel und Pinzette aus meinem Bauch gepult. Ich hab ganz still gehalten weil ich wusste, Frauchen will mir nur helfen. Sie hat auch schon einen Käfer aus meinem Ohr und mehrmals Dornen aus meinen Pfoten gezogen. Ja, mein Frauchen kann alles. Aber eine Spritze gibt sie mir niemals, höchstens mal eine Tablette in Leberwurst eingewickelt. Wegen der Impfaktion muss ich aber doch einmal im Jahr zu diesem anderen Doktor, der mit der Spritze. Den kann ich gar nicht leiden. Und in seinem Wartezimmer riecht es tierisch nach Angstschweiß von all meinen Artgenossen. Wie gut, wenn man den Dienstleister im eigenen Haus hat.

So ticken Katzen

Die Geschichten in diesem Buch erzählt Sarah, unser Rauhaardackel. Er macht das auch sehr gut. Aber wenn es um Katzen und ihre Lebensart und Psyche geht, dann versteht Sarah nichts davon. Wie soll sie auch? Sie ist ein Hund. Und wir Katzen ticken nun mal ganz anders. Also erzähle ich, Porsche, die Abenteuer mit Blacky lieber selbst. Sie müssen zunächst mal wissen, dass wir Katzen feste Rituale haben. Unser Tagesablauf ist genau eingeteilt. Mal ist es Zeit zum Fressen oder Jagen, mal zum Schmusen oder Schlafen. Abends zum Beispiel, wenn die Sonne untergeht, treffen wir uns immer auf der Wiese hinter den Garagen. Natürlich nur bei gutem Wetter. Alle Katzen aus dem Viertel kommen da zusammen, sofern sie nicht anderweitige Verpflichtungen haben. Mal sind wir vier oder fünf, mal aber auch sieben oder acht Katzen. Die Abendversammlung läuft meistens still ab, ganz anders als bei den Menschen. Und obwohl wir uns alle kennen, halten wir doch immer einen gewissen Abstand zueinander. Man informiert sich – ganz leise – über die Neuheiten im Revier oder wie zur Zeit die Mäusejagd läuft. Aber dann gibt es auch schon mal heftigen Krach, ja richtige Schlägereien. Natürlich nur unter den Katern. Und immer geht es dabei um eine Katze. Man kann sich nicht einigen, wer ihr nächster Liebhaber sein soll. Als ob die Katze das nicht selbst am besten wüsste. Zu diesen abendlichen Treffen kam ziemlich regelmäßig auch eine wirklich hübsche, rabenschwarze Katze mit großen gelben Augen und weißen Pfotenspitzen. Die Kater waren alle ganz verrückt nach ihr. Aber sie hielt meistens Abstand, war sehr scheu und verschwand bald wieder im nahen Wäldchen. Sie müssen wissen, es gibt drei Sorten von Katzen. Die reinen Wohnungskatzen, die kennen wir nicht besonders gut. Dann die Freigänger. Dazu gehöre auch ich. Wir haben ein Zuhause bei Menschen, die wir auch sehr gern haben, denn sie füttern und streicheln uns. Aber wir können jederzeit nach draußen und lieben auch diese zweite Seite unseres Lebens. Und dann sind da noch die Katzen auf freier Wildbahn. Sie haben kein festes Zuhause, schlafen mal hier, mal dort, suchen sich ihre Nahrung ganz allein und sind sehr menschenscheu. Die hübsche Schwarze gehört zu dieser Gruppe. Ich nahm sie ein paar Mal mit zu mir nach Hause. Frauchen war hell begeistert von der schwarzen Katze, gab ihr Futter und Milch und nannte sie gleich Blacky, weil sie nicht wusste, ob es eine Katze oder ein Kater war, denn streicheln oder hochnehmen ließ sich unser Gast nicht. Ich hätte ihr das mit dem Geschlecht natürlich sagen können, aber mich fragte ja keiner. Herrchen war nicht so erfreut. »Wir haben schon eine Katze. Eine zweite nehmen wir nicht auf. Basta!« Blacky, wie sie ab sofort hieß, wollte aber auch gar nicht in die Wohnung. Ihr reichte das Futter auf der Terrasse und gelegentlich schlief sie in der Garage, wo Frauchen ihr einen Karton mit einer warmen Decke hingestellt hatte. Und dann die große Überraschung. Eines Tages lagen in dem provisorischen Körbchen nicht nur Blacky, sondern auch fünf klitzekleine Katzenbabys. Frauchen war hin und weg. So was Süßes! Vier graugestreifte flauschige Wollknäuel und ein ganz schwarzes, so wie die Mutter. Blacky kümmerte sich rührend um ihre Kinder. Sie wollte aber immer noch nicht ins Haus, sondern lieber in der Garage bleiben. Nur Milch mit Sahne und Futter nahm sie regelmäßig an. Die kleinen Kätzchen gediehen prächtig. Doch dann, von einem Tag zum anderen, nach ungefähr einem Vierteljahr, blieb Blacky weg. Sie ließ ihre Kinder allein und war wohl wieder in ihren Wald gezogen. Herrchen wollte seine Familie auf gar keinen Fall um fünf Katzen vergrößern. So blieb nichts anderes übrig, als vier von ihnen zur Katzenvermittlungsstelle in unserer Gemeinde zu bringen. Klein-Blacky behielten wir. Aber auch sie wollte wohl keine Wohnungs- oder Freigängerkatze werden, denn sie blieb immer öfter für

Tage oder auch Wochen verschwunden, bevor sie dann mal wieder den Schlafplatz in der Garage aufsuchte. In der Nähe haben wir einen Aussiedlerhof. Dort kauft Frauchen immer ihre frischen Eier. Als sie eines Tages der Bäuerin von der kleinen schwarzen Katze erzählte, war die ganz begeistert. So eine könne sie gebrauchen, wegen der vielen Mäuse in ihrer Kornkammer. Jetzt sehen wir Klein-Blacky immer mal beim Eierkauf. Aber sie scheint uns nicht mehr zu kennen. Sie hat ihr eigenes, katzengemäßes Leben gefunden.

Fünfzehn Zentimeter Kampfhund

Ich bin in unserer Straße der Platzhirsch. Das weiß jeder und das wird auch akzeptiert. Sogar von dem weißen Schäferhund von gegenüber, den mein Frauchen immer ›Eisbär‹ ruft, obwohl er eigentlich anders heißt. Er weiß, ich wohne schon länger hier und habe deshalb Vorrechte. Aber wir sind ohnehin Freunde. Und mit allen anderen Hunden aus den Nebenstraßen, die aber auch zu meinem Revier gehören, verstehe ich mich auch gut. Wir freuen uns immer, wenn wir uns beim Gassi gehen treffen. Das ging gut so bis gestern. Da kam mir in unserer Straße ein weißes Wollknäuel entgegen. So ein winziges Etwas jagte heran und kläffte, nein fiepte, wie verrückt. Das hörte sich an wie eine Schiedsrichterpfeife. Dann stand es vor mir: ein kleiner Westi, noch kleiner als ich und ich bin schon von niedriger Bauhöhe. Nun gehören meines Wissens West Highland Terrier nicht gerade zu den Kampfhunden. Und das wollte ich dem aufgeregten Wollknäuel auch sagen und gleich darauf hinweisen, wer in dieser Straße das Sagen hat; – nämlich ich! Doch dazu kam es gar nicht. Dieser Winzling von Westi, kaum fünfzehn Zentimeter hoch, glaubte sehr wohl, dass er ein Kampfhund sei und ging mir mit einem Sprung an die Lefzen. Gut, es tat nicht so arg weh, weil der nur ganz kleine Zähnchen hatte. Aber die Blamage: Ich, der King in unserer Straße, wurde von einem winzigen Westi angegriffen und in die Schnauze gebissen. Das hatte noch keiner gewagt, weder von den ortsansässigen, noch von den fremden Hunden. Ich war so verdattert, dass ich gar nicht schnell genug mit einer Gegen-Attacke antworten konnte. Da zog der Westi auch schon weiter, laut kläffend-fiepend und suchte sich wahrscheinlich ein neues Opfer. Ich aber zog mich ins Haus zurück, beschämt und still und war für den Rest des Tages für niemanden mehr zu sprechen. Am nächsten Tag fragte ich erst mal bei meinen Hundefreunden nach, ob sie auf einen kleinen, weißen Kampfhund getroffen wären. Aber niemand hatte ihn gesehen oder bissige Bekanntschaft mit ihm gemacht. Da beschloss ich, das Ganze als einen bösen Traum abzutun, reckte meinen Kopf und meinen Schwanz hoch und war ab sofort wieder der König in unserer Straße.

Ladendiebstahl

»Einkaufen« – das klingt gut! Allein mir fehlt der
Glaube. Ich muss nämlich meistens draußen vor der
Tür bleiben; angebunden, manchmal zusammen mit
anderen Leidensgenossen. Oder ich warte im Auto.
Aber diesmal war es anders. Ich war auch nicht allein, Emma, meine Freundin aus Berlin war bei uns
zu Besuch und auch sie durfte mit zum Einkaufen. In
ein Tierfachgeschäft. Buchstäblich ins Paradies. Gran-
dios, denn da dürfen Hunde mit in den Laden. Wie
es dort schon riecht – himmlisch. Überall stehen für
uns Probiernäpfchen rum. Und dann das viele Spielzeug. Hier möchte ich mal über Nacht eingeschlossen
werden. Emma ging es genauso. Auch sie konnte vor
lauter Freude nur fiepen, nicht mal richtig bellen. Das
Schönste kam aber noch. Weil wir beide wie wild an
unseren Leinen zogen, denn es ging uns nicht schnell
genug vorwärts, machte Frauchen uns los. In dem Laden war das offenbar erlaubt. Und dann ging die wilde,
verwegene Jagd los. Einmal rauf den Gang, dann um
die Ecke und den Parallelweg wieder runter. Das war ein
erster Überblick. Um die Kasse rum und wieder in den
ersten Gang rein. Diesmal aber ganz langsam. Rechts

und links in den Regalen standen haufenweise Futter-
tüten und kleine Beutel mit Leckerlis, Näpfchen und
Dosen mit Nassfutter. Dazwischen Kartons mit Trockenfutter in allen Geschmacksrichtungen. Wir pro-
bierten mal dies, mal das, aber bald hatten wir keinen
Hunger mehr. Und das umfangreiche Futterangebot
für Katzen, Hamster oder Vögel interessierte uns überhaupt nicht. Emma hatte als erste das Hundespielzeug
entdeckt. Sie rannte vor das entsprechende Regal und
schon hatte sie eine Plüschgans in der Schnauze und
schlug sie sich rechts und links um die Ohren. Mich interessierte das Quietsche-Spielzeug. Ich probierte meh-
rere Bälle aus, dann ein Püppchen und dann ein rosa
Schweinchen. Als wir die untere Etage fast ausgeräumt
hatten, kam Frauchen angerannt und scheuchte uns
weg. »Wenn das die Verkäuferin sieht, dann dürft ihr
nie wieder mit in den Laden« ermahnte sie uns. Also
gut – wir zogen weiter. Emma probierte zwischendrin
noch mal ein superweiches Hundekörbchen aus und
ich saß selig in einem Planschbecken, das sogar zenti-
meterhoch mit Wasser gefüllt war. Aber dann kam der
Hammer: im zweiten Verkaufsgang roch es wunderbar
nach Geräuchertem. Emma schnappte sich ein Schweineohr und ich entdeckte die Ochsenstriemer, also die
geräucherten Kuhschwänze. Da standen etwa zwanzig
Stück wie ein Blumenstrauß in einem Korb. Ich fackelte

nicht lange und zog mit etwas Mühe den längsten aus dem Korb und trug ihn als Siegestrophäe davon. Leider war das Ding länger als der Gang breit war. Das bedeutete, ich musste immer ein bisschen schräg laufen. Wenn nicht, dann holte ich mit dem Ochsenstriemer alle möglichen Sachen auf Dackelaugenhöhe aus den Regalen: Tüten und Döschen. Auch eine Stange mit Hundebekleidung fiel in den Gang, dazu Bürsten und Kämme und Fläschchen mit Hunde-Shampoo. Es sah aus, als hätte es ein kleines Erdbeben gegeben. Frauchen wurde erst aufmerksam, als sie einige Kunden laut lachen hörte. Sie lachten über mich wie ich mit dem Ochsenstriemer quer in der Schnauze für ein ganz schönes Durcheinander im Laden sorgte. Mich interessierte das nicht. Ich wollte nur raus mit meiner Beute zum Auto und mich dann genüsslich darüber hermachen. Emma mit ihrem Schweineohr war gleich hinter mir und hatte den gleichen Gedanken. Vor der Ausgangstür war erst mal Schluss. Wir mussten warten. Aber gerade, als ein neuer Kunde rein wollte, der uns den Fluchtweg geöffnet hätte, stand Frauchen hinter uns und packte uns am Halsband. »Hier geblieben ihr Ladendiebe!« rief Frauchen und schleppte uns beide zur Kasse. Ochsenstriemer und Schweineohr wurden aufs Laufband gelegt und Frauchen bezahlte sie. Wir bekamen sie aber nicht zurück, jedenfalls nicht an diesem

Tag. Und andere Leckerlis hatte Frauchen zur Strafe auch nicht gekauft. »Ich glaube nicht, dass ihr beide noch mal mit in den Laden dürft. Bei dem Durcheinander, das ihr angerichtet habt!« Egal – unseren Spaß hatten wir gehabt.

Zwei beschwipste Dackel

Wir waren am Bodensee in unserer Ferienwohnung. Emma war auch dabei und das bringt immer viel mehr Spaß, als wenn ich mit meinen Zweibeinern allein unterwegs bin. Heute hatte sich außerdem Besuch angemeldet, ein Kollege von Frauchen. Er war zum Essen eingeladen und deshalb stand Frauchen schon den ganzen Vormittag über in der Küche. Sie machte Burgunderbraten mit Klößen und Rotkohl. Wir durften beim Kochen leider nicht mithelfen, und es fiel auch kein noch so kleines Stückchen Fleisch für Emma und mich vom Küchentisch. Wir mussten raus in den Garten und konnten uns da austoben. Dann kam der Gast und alle saßen draußen auf der Terrasse beim Essen und Erzählen. Emma und ich untersuchten mal die Küche, aber nichts Essbares war zu finden. Da stand nur das Flaschenkarussell auf dem Boden. Darauf alle möglichen Öl- und Essigflaschen, ein paar Vorräte an Kognak und Kochwein. Die Burgunderweinflasche hatte wohl keinen Platz mehr gehabt und stand vor dem Karussell. Sie war zugekorkt. Und das interessierte uns. Korken sind ein prima Spielzeug. Sie lassen sich hochschmeißen und wegrollen und klitzeklein kauen.

Emma und ich versuchten den Korken rauszuziehen. Das ging nicht so einfach. Erst mussten wir die Flasche umwerfen, dann legte sich Emma drauf und ich zog am Korken. Endlich machte es plopp und wir hatten, was wir wollten. Leider war die Flasche noch ziemlich voll, so dass sich ein roter See aus Burgunderwein auf die Küchenfliesen ergoss. Was jetzt tun? Das gab doch bestimmt Ärger. Also fingen wir beide an, den Rotwein aufzulecken. Erst schmeckte er nicht, aber dann eigentlich immer besser. Es dauerte eine ganze Weile, bis die

Küche wieder blitzblank sauber war. Die fast leere Burgunderweinflasche lag in der Ecke und für den Korken interessierten wir uns auch nicht mehr. Ich rannte erst mal raus in den Garten und musste mich unter den Rosenbüschen übergeben. Alles war wieder da, auch mein Frühstück. Emma hatte sich ins Körbchen verkrochen. Da lag sie, alle vier Pfoten von sich gestreckt und schnarchte wie ein Bär. Ich hatte mich unter einen Baum in den Schatten verzogen, musste aber noch mal zum Rosenbusch, weil mein Magen wieder rebellierte. Als Frauchen sich die Bescherung ansah, wurde sie ganz blass. »Schaut mal, unsere Sarah spuckt Blut!« Als Herrchen und der Gast angerannt kamen, überlegten alle drei, ob sie den Tierarzt anrufen oder mit mir gleich in die Klinik fahren sollten. Herrchen beugte sich dann weiter runter und sagte: »Also das sieht nicht wie Blut aus. Es riecht nach Alkohol. Kann es sein, dass Sarah Rotwein getrunken oder sich über die Burgundersoße hergemacht hat?« Ein Besuch in der Küche und ein Blick auf die schnarchende Emma verstärkten den Verdacht. Aber ganz sicher waren die drei Experten nicht. Also ein Anruf beim Tierarzt und den Verdacht mit der heimlichen Sauferei geschildert. Der musste erst lachen und meinte dann: »Na, da haben die Beiden einen ordentlichen Schwips. Aber wenn Sarah schon alles ausgebrochen hat, dann wird es ihr bald besser gehen.

Geben sie ihr viel Wasser zu trinken und dann lassen sie sie schlafen. Bei Emma, die ja größer und schwerer ist, mache ich mir keine Sorgen. Die schläft jetzt einfach schon ihren Rausch aus. Wenn der Zustand der beiden beschwipsten Dackel nicht schlimmer wird, dann rufen Sie morgen noch mal an.« Tatsächlich ging es uns am nächsten Tag schon viel besser. Wir standen zwar noch ein bisschen wackelig auf den Beinen und hatten auch einen leicht schwankenden Gang, aber hauptsächlich wollten wir nur schlafen und in Ruhe gelassen werden. Vor allem wollten wir keine Vorwürfe wegen des Burgunderweines hören. Wir hatten doch nur die Küche sauber gemacht. Und einen ›Kater‹ – wie Herrchen unseren Zustand nannte –, wollten Emma und ich uns sowieso nicht so bald wieder zulegen.

Uniform-Allergie

Alle Rauhaardackel die ich kenne leiden unter einer Uniform-Allergie. Das heißt, wir mögen keine Briefträger, Zugschaffner, Politessen, Polizisten oder Soldaten. Und auch die verkleideten Narren in der Faschingszeit sind uns suspekt. Der Grad der Abneigung ist natürlich unterschiedlich. Ich zum Beispiel habe mit unserem Briefträger Frieden geschlossen, seitdem er mir mal ein Leckerli mitgebracht hat und mich seitdem auch mit Namen anredet. Jetzt erwarte ich ihn täglich wohlwollend distanziert und hoffe auf einen nächsten Bestechungsversuch, den ich natürlich akzeptieren würde. Meine Freundin Emma in Berlin ist da noch längst nicht so weit. Erst neulich hatte sie mächtig Krach mit dem Briefträger, der ihr partout das Päckchen, das er unter dem Arm trug, nicht aushändigen wollte, obwohl Emma genau wusste, dass es aus Stuttgart kam und Leckerlis für sie und andere feine Sachen für ihr Frauchen enthielt. Der Postbote sagte »nein«, aber da hing ihm Emma schon am Hosenbein. Er hat sie dann mit einem Spray abgewehrt und das brannte höllisch in den Augen, hat Emma mir später erzählt. Noch größeren Krach gab es in der Bahn, als Emma mit ihrem Frauchen von Berlin nach Stuttgart fahren wollte. Emma hatte einen Fensterplatz und lag friedlich schlafend auf Frauchens Mantel. Da kam ein Uniformierter und schimpfte gleich los: »Hunde dürfen nicht auf den Sitz, die gehören in eine Hunde-Reisetasche oder in eine geschlossene Box!« Emmas Frauchen versuchte zu erklären, dass es doch noch genügend freie Plätze gäbe und der kleine Dackel läge doch auf ihrem Mantel. »Nichts da. Der Hund muss runter vom Sitz, sonst werfe ich Sie an der nächsten Haltestelle aus dem Zug!« Da hat es Emma gereicht. Ihr Frauchen wird von keinem so angemotzt. Schon gar nicht von einem Uniformträger. Also runter vom Sitz. Nackenhaare gesträubt, geknurrt und die Lefzen bis zum Anschlag hochgezogen. Das hat gereicht. Der Schaffner hat sich verzogen, aber nicht, ohne anzudrohen, dass er wiederkomme. Emmas Frauchen sagte: »Komm, Emma, der Klügere gibt nach!« Sie schnappte sich ihr Gepäck, die leere Hundetragetasche und Emma an der Leine. Sie ging fast durch den ganzen Zug, suchte sich ein Abteil mit mehreren leeren Plätzen und einem anderen Zugbegleiter, der sie ganz nett anlächelte. Da bekam Emma wieder einen Fensterplatz und schlief auf dem Mantel ihres Frauchens bis nach Stuttgart. Ein ähnliches Verhalten zeige ich auch, zum Beispiel wenn eine Politesse so einen Zettel an die Windschutzscheibe unseres Autos klemmt und ich sitze im Wagen. Oder wenn ein Polizist seine Hand durchs Autofenster streckt, um die Papiere zu überprüfen. Dann rappelt es aber im Karton. Meine letzte Begegnung mit Uniformträgern war allerdings etwas irritierend. Wir waren beim Faschingsumzug und da kamen lauter komische Leute an uns vorbei. Mit bunten Klamotten und unförmigen Köpfen, die man gar nicht erkennen konnte. Unheimlich! Und diese laute Musik! Erst habe ich gebellt, als die aber mit ihren Narrenmasken immer näher an mich heranrückten, ging ich lieber mal in Deckung und versteckte mich hinter Herrchen und Frauchen. Ich sag es ja: Wir Dackel haben eine Uniform-Allergie.

Die Liebe ist eine Himmelsmacht

Mich hat Amors Pfeil getroffen. Und das schon einige Male. Etwa jedes halbe Jahr einmal. Diesmal ist der Rüde meiner schlaflosen Nächte Alfi – ein Cockerspaniel aus der Nachbarschaft. Eigentlich kenne ich ihn schon lange, aber mir ist vorher noch nie aufgefallen, wie schön er ist. Ein stattlicher Bursche, etwa doppelt so groß wie ich, mit rabenschwarzem, leicht gelocktem Fell. Die Ohren schön lang herunterhängend und mit einem süßen Stummelschwänzchen. Das Dumme ist nur, Alfi ist gar nicht an mir interessiert. Wenn wir uns beim Gassi gehen begegnen, kann ich mich noch so lieb vor ihn hinsetzen oder gar hinlegen, er ›wuft‹ mich nur an und sagt: »Komm, lass uns 'ne Runde drehen.« Nichts von einer Liebeserklärung, nicht mal ein intensives Beschnüffeln. Und meinen schmachtvollen Augenaufschlag und mein Seufzen hat er auch nicht bemerkt. Ganz im Gegenteil. Als er ein Stückchen weiter seine Kumpels entdeckt, legt er einen Sprint hin, um sie einzuholen Und bei dieser Gruppe entdecke ich auch noch die kleine, spindeldürre Mischlingshündin Rosi. Alle Rüden umschwänzeln sie und machen ihr den Hof, auch mein Alfi! Ich bin fassungslos, nein stinksauer. Ich, ein hübscher Rauhaardackel mit erlesenem Stammbaum, kann nicht mit diesem Straßenköter konkurrieren? Leiden die Rüden denn alle an Geschmacksverirrung oder liegt es daran, dass ich seit meiner OP vor einiger Zeit keine Dackel-Babys mehr bekommen kann? Herrchen behauptet das und meint, ich verströme halt nicht mehr den erotischen Duft, den Hunde, also Rüden, so unwiderstehlich finden. Komisch. Mein Sexualinteresse ist jedenfalls noch nicht eingeschlafen. Alle paar Monate erwacht es von neuem und lässt mich nicht schlafen. Ich suche mir dann ein Spielzeug – diesmal einen Gummihasen mit Stacheln – und schleppe ihn als Welpenersatz in mein Körbchen. Da ich mit meinem Jaulen und Fiepen nachts auch Herrchen und Frauchen nicht schlafen lasse, bringen sie mich wieder mal zum Tierarzt. Ich ahne schon Fürchterliches, so mit Spritze und so. Aber nach der Schilderung meiner Symptome lacht der Doktor nur: »Ihre Sarah ist verliebt. Passen Sie auf, dass sie nicht scheinschwanger wird, denn schwanger, das geht ja nicht mehr!« Ich war froh, so glimpflich davongekommen zu sein. Herrchen und Frauchen beschlossen dann, für eine Weile die Gassi-Route zu ändern und nur noch dort zu laufen, wo wir Alfi aller Wahrscheinlichkeit nach nicht begegnen würden. Mir war das recht. Mal wieder völlig neue Gerüche. Und auf Alfi, den untreuen Cockerspaniel, legte ich nach ein paar Tagen sowieso keinen Wert mehr. Meine Gefühle sind erkaltet und ehe mir die Liebe als Himmelsmacht wieder die Pfoten unter dem Bauch wegreißt, werden ein paar Monate vergehen. Bis dahin gibt es vielleicht einen neuen attraktiven Rüden in unserem Viertel.

Charlie-Helden

Emma ging mit ihrem Frauchen durch die Berliner City. Da hörten sie von weitem Rufe und Schreie und Sprechchöre. »Bestimmt eine Demonstration« meinte Emmas Frauchen. Emma wusste nicht, was das ist, aber dann sah sie die Menschenmenge kommen. Es waren Tausende von Männern und Frauen. Manche hielten Plakate hoch oder bunte Luftballons. Etliche schwenkten auch nur eine Zeitung in der Hand. Die Menge kam immer näher, alle riefen »Charlie, Charlie, ich bin Charlie«. Emma wurde von ihrem Frauchen hochgehoben, denn Menschenmengen und kleine Dackel, das ist ein Risiko für die Pfötchen. Emma – so erzählte sie es mir später am Telefon – bellte kräftig mit und fand die ganze Demo höchst aufregend. Besonders, weil immer ‚Charlie' gerufen wurde, und Emma wusste genau, wer das war. Bei ihr im Viertel lebte Charlie. Sie hatte ihn viele Male getroffen. Es war ein ungarischer Hütehund, ein Riese und so zottelig, dass man meistens nicht wusste, wo hinten und vorne war. Nur wenn er mit dem Schwanz wedelte, dann wusste man: hier ist hinten. Und Charlie wedelte oft mit dem Schwanz, denn er war ein ganz gemütlicher, lieber Hund. Und so groß, dass Emma unter ihm hindurchgehen konnte, ohne seinen Bauch zu berühren. Charlie war bei Menschen und Hunden gleichermaßen beliebt. Aber jetzt war er auch noch berühmt. Emmas Frauchen hatte über ihn in der Zeitung gelesen und auch im Fernsehen war er kurz aufgetaucht. Und überall wurde er als Held beschrieben. Klar: Deshalb also auch die Demonstration. Und warum war er berühmt? Charlie hatte einem kleinen Mädchen das Leben gerettet. Die Geschichte muss ich wohl genauer erklären. Charlie ging mit seinen Zweibeinern spazieren. Um den Stadtparksee herum. Der war zugefroren, bis auf ein offenes Loch in der Mitte. Da drängten sich viele Hundert Enten zusammen, weil sie nicht auf dem Eis anfrieren, sondern ihre Füße ins offene Wasser halten wollten. Ebenfalls auf dem Spazierweg befand sich ein Elternpaar mit einem kleinen, etwa dreijährigen Mädchen. Vater und Mutter unterhielten sich angeregt, so dass sie nicht merkten, wie ihre kleine Tochter zum Teich und dann aufs Eis lief. Sie wollte die Enten fangen. Charlie der Hütehund erkannte die Gefahr sofort und raste los. Dem Mädchen hinterher – rauf aufs Eis. Kurz vor dem Wasserloch hatte er die Kleine erreicht, er überholte sie, sprang sie an und schmiss sie um. Das kleine Mädchen brüllte los. Da wurde auch der Vater aufmerksam, rannte sofort los, auch aufs Eis und brach gleich ein. Er musste zurück ans Ufer und dann sahen die Eltern und viele Zuschauer, die sich inzwischen eingefunden hatten, wie Charlie das Kind an der Anorakkapuze gepackt hatte und rückwärts über das Eis zog, bis ans Ufer. Dort hob der Vater seine kleine Tochter hoch, drückte sie an sich, weinte und lachte gleichzeitig. Dann gab er das Kind an die Mutter weiter und er kümmerte sich um Charlie. Er herzte ihn und streichelte ihn und versprach ihm tausend Knochen oder Würstchen oder was er sonst noch wollte. Er nannte ihn einen Helden und Lebensretter. Charlie war das alles ein bisschen peinlich. Was er getan hatte, war für ihn selbstverständlich, er war schließlich ein Hütehund. Aber die Menschen und die Medien sahen das anders. Für sie war er ein Held! Als Emmas Frauchen ihrem Hund erklärte, dass die Demonstration, die sie eben gesehen hatten, einer französischen Satirezeitschrift mit Namen ›Charlie Hebdo‹ gegolten hatte, war Emma ein bisschen konsterniert. Entweder handelte es sich dabei auch um Helden, wie bei ihrem Hundefreund, oder es würde noch einmal eine Demonstration geben: – ganz speziell für den ungarische Hütehund. Davon war Emma felsenfest überzeugt.

Jagen oder nicht jagen?

Uns Dackeln sagt man nach, dass wir zwar nicht die größten, aber die mutigsten Hunde sind. Nicht umsonst heißen wir ja eigentlich Dachshunde. Wir schrecken vor keinem Dachs- oder Fuchsbau zurück und auch Wildschweine stöbern wir ganz mutig auf und jagen sie vor die Flinte unseres Zweibeiners; – sofern er Jäger ist. Mein Herrchen gehört nicht zu dieser Spezies – und das ist auch gut so. Ich habe nämlich keine Jagd-Gene in mir, oder sie sind abartig verkümmert. Ich bin kein Feigling, keineswegs, aber meine Jagdbeute ist nicht im Wald zu finden. Bei mir reicht eine Mülltonne, die morgens dort steht, wo sie nicht hingehört oder ein fremdes Auto vor unserer Haustür. Die haben da nichts zu suchen, die werden angebellt und angeknurrt. Zum Glück knurren die nicht zurück, so dass ich immer Sieger bleibe. Auch Radfahrer, die an mir vorbeiflitzen, erregen mein Missfallen. Aber die sind so schnell, dass ich es nach einem ersten Versuch, sie zu verfolgen, gleich gelassen habe. Man muss wissen, wo seine Grenzen sind. Doch mein Bellen wird sie hoffentlich beeindruckt haben. Das Gleiche gilt übrigens für Traktoren, Mähmaschinen oder ähnliche Krachmacher. Die kann ich auch nicht leiden. Aber einmal – so hat Herrchen mir erzählt – sei bei mir doch mein Jagdinstinkt durchgebrochen. Ich wäre noch ganz jung gewesen, nicht mal ein Jahr alt. Da sind wir beim Spaziergang an einer Schafweide vorbeigekommen. Ich durch den Lattenzaun durch und mutig bellend auf die Schafherde zu. Die ist zurückgewichen, immer schneller. Alle Schafe drängten sich zusammen, auch an den Flanken gab es keine Ausreißer, denn die wurden von mir gleich zu den anderen Schafen zurückgejagt. Als ich alle in einer Ecke hatte, habe ich mich hechelnd vor sie hingelegt und sie genau beobachtet. Da kam auch schon Herrchen über den Zaun geklettert und sprintete zu mir, hob mich hoch und schubste mich durch den Zaun zurück auf den Spazierweg. Zu Frauchen sagte Herrchen dann, er hätte solche Angst um mich gehabt. Nicht weil er glaubte, dass die Schafherde gleich über mich hinweggetrampelt wäre, sondern dass der Schäfer kommt. Der hätte bestimmt ›Hackfleisch‹ aus mir gemacht, wenn der seine verängstigten Schafe und Lämmer gesehen hätte. Wir Dackel – so sagt man uns nach – leiden alle an einer gewissen Art von Selbstüberschätzung. Das will ich gar nicht bestreiten. Jedenfalls habe ich vor allem was größer ist, als ein Rauhaardackel, zunächst mal keine Angst. Auch nicht vor Kühen auf der Weide. Sollte man die nicht auch zusammentreiben, genau wie Schafe? Also rauf auf die Weide und ran an die nächste Kuh. Kurz bevor ich sie erreichte, machte die aber »Muh« und das ganz schön laut. Da hab ich aber doch einen Schreck gekriegt. Wie kann die mich so anbrüllen? Ich hau sofort den Rückwärtsgang rein und ab durch den Zaun habe ich mich erst mal hinter Herrchen versteckt. Kühe scheinen also doch nicht in mein Beuteschema zu passen. Das Gleiche gilt übrigens auch für Pferde. Als ich die auf der Weide besuchte und kräftig anbellte, kamen gleich drei, vier Stück ganz neugierig angerannt. Der vorderste Gaul beugte sich zu mir herunter, schnupperte erst und dann schnaubte er

mich an. Meine Ohren flogen nach hinten und mein Kopf war nass wie nach einer Dusche. Ich hatte auch von Pferden die Schnauze voll und zog mich beleidigt zurück. Seitdem lasse ich alle Tiere mit Übergröße links liegen. Wenn ich ihnen bei unseren Ausflügen begegne, dann tu ich so, als gäbe es sie gar nicht.

Katzen-Zahnweh

Porsche ist ein Super-Kletterer. Wenn ich meine Katzenfreundin so am Baum hoch kraxeln und dann in einer Astgabel entspannt schlafen sehe oder wenn sie auf dem Garagendach herumturnt, dann könnte ich schon neidisch werden. Als Dackel – und auch noch von der kleinwüchsigen Sorte – kann ich nur unten stehen bleiben und ihr zubellen, dass sie auf sich aufpassen soll. Doch dann ging etwas schief. Porsche rutschte vom Dachfirst der Garage über die nassen und glitschigen Dachpfannen nach unten. An der Dachrinne konnte sie sich glücklicherweise mit den Krallen an den Vorderpfoten festhalten, umdrehen und auf die Terrasse runterspringen. Da landete sie auf einer Plastikfolie, die einen großen Pflanzkübel abdeckte. Sie fiel also relativ weich. Aber sie blutete ganz schön stark. An der Dachrinne hatte ein Metallspieß hoch gestanden. Der hatte Porsche eine Schramme am Hals und Unterkiefer sowie einen tiefen Riss im oberen Gaumen und einen fast herausgebrochenen Reißzahn eingebracht. Porsche maunzte kläglich, doch ich konnte meiner Freundin nicht helfen. Herrchen und Frauchen handelten schnell. Die Katze ins Transportkörbchen und ab ging es zum Tierarzt. Ich durfte mitfahren, um ihr Trost zu spenden. Aber dann in der Tierarztpraxis fühlte ich mich genauso kläglich wie Porsche. Dieser Geruch dort und dann die Angst vor einer Spritze, da waren wir beide keine Helden. Und ehrlich, ich war froh, dass ich diesmal verschont blieb. Porsche wehrte sich mit all ihren Krallen, als dieser Veterinär-Sadist sie aus dem Körbchen heben wollte. Da half nur – na klar – eine Beruhigungsspritze. Zuerst versorgte der Dok alle Risswunden mit einem Desinfektions-Spray. Nähen oder Kleben macht am Gaumen einer Katze natürlich keinen Sinn. Mit ihrer rauen Zunge hätte sie die Fremdkörper im Nu hinausbefördert. Um den locker am Maul hängenden Reißzahn zu ziehen, brauchte der Doktor nicht mal eine Zange. Dann wurden wir entlassen. »Bis die Wunde verheilt ist, bitte nur mit weicher Nahrung füttern. Ich empfehle Babynahrung. Auf keinen Fall Trockenfutter«, gab der Arzt uns mit auf den Heimweg. Herrchen und Frauchen hielten gleich beim Supermarkt an und standen ziemlich ratlos vor dem riesigen Regal mit Babynahrung. Herrchen nahm ein Glas mit einer Gemüsemischung. »Nein, das frisst sie nicht«, lehnte Frauchen ab. Auch Herrchens nächste Wahl »Apfel mit Hühnchen« gefiel ihr nicht. »Dafür macht sie nicht mal ihr Maul auf«. Die Suche meiner Zweibeiner wurde jäh von einer zornesroten, sichtlich nach Luft schnappenden Frau unterbrochen. »Unglaublich« zischte sie. »Wie kann man nur so über sein Kind reden! Eltern gibt es heutzutage – schlimm!« Erst perplex, dann aber vor Lachen berstend, griff Frauchen nach dem nächstbesten Glas »Kartoffelbrei mit püriertem Kalbfleisch« und eilte von giftigen Blicken verfolgt mit Herrchen zur Kasse. Als sie bei mir und dem schon wieder munter maunzenden Porsche im Auto saßen, mussten sie noch immer lachen. Übrigens hat meiner Katzenfreundin die Babynahrung prima geschmeckt und ich durfte sogar den Napf auslecken.

Ein Trost für alle Dackelbesitzer

Ich bin jetzt sozusagen in den besten Jahren. Letzten Monat haben wir meinen fünften Geburtstag gefeiert. Porsche, unsere Hauskatze, ist älter als ich, so ungefähr acht bis neun Jahre alt. Sie kam ja erst später zu uns und hat uns erst im Erwachsenenalter adoptiert. Als ich mit Herrchen heute Gassi gegangen bin, hat er mich noch mal darauf aufmerksam gemacht, dass ich ein schwäbischer Dackel sei. »Und Schwaben« – so sagte er – »werden mit Vierzig gescheit. Du, Sarah, kommst jetzt bald ins Schwabenalter – wenn man Hundejahre in Menschenjahre umrechnet. Es wird also Zeit, dass du jetzt mal vernünftig wirst und nicht immer deinen Sturkopf durchsetzt.« Das hat gesessen. Von Porsche hat er übrigens nichts gesagt. Für Katzen scheinen solche Lebensregeln nicht zu gelten. Für mich selbst habe ich mir vorgenommen, das Vernünftigsein mal auszuprobieren. Und zwar gleich. Wir kamen auf unserem Spazierweg an dem Vorgarten mit dem Apfelbaum vorbei. Da findet man immer prima Apfel-Wurfgeschosse. Und wenn Herrchen die wirft, rase ich den grünen Bällen wie verrückt hinterher. Irgendwann sagte Herrchen »Schluss« und warf keine Äpfel mehr. Da suchte

ich mir meinen eigenen Apfel und wollte gerade rein-
beißen. Herrchen sagte »nein« und »aus«. Sonst hätte
mich das nicht abgehalten, das zu machen, was ich für
richtig hielt. Diesmal gehorchte ich. Auch weil der Apfel ziemlich faulig aussah. Herrchen war erstaunt und
lobte mich mit Worten wie »braver Hund« und »fein
gemacht«. Dann sagte er »bei Fuß« und ich ging dicht
an seiner linken Seite im Gleichschritt mit ihm. Herrchen blieb vor Überraschung der Mund offen stehen.
Zu Hause erzählte er es gleich Frauchen. Die wollte es
nicht glauben und schaute mich erst mal ganz genau
an, ob ich auch wirklich ihr Hund bin. Dann machte
sie einen Test mit mir. »Sarah, sitz!« Ich setzte mich
und wedelte freudig mit dem Schwanz. Frauchen war
baff. Als ich dann auch noch »Sarah, geh' ins Körbchen« befolgte, sahen sich die Beiden an und verstanden ihre Welt und meine Hundewelt nicht mehr. Da
hatten sie fünf Jahre lang versucht, mir wenigsten ein
bisschen Gehorsam beizubringen und jetzt klappte es
auf Anhieb; von einem Tag zum anderen. Frauchen
sagte: »Na, das ist aber mal ein Trost für alle Dackel-
besitzer.« Und Herrchen meinte: »An dieser Schwaben-
sache mit den vierzig Jahren und dem Gescheitwerden
muss doch was dran sein.«